Genau so ich

Alexander Zimmermann

Die sechzehn kurzen Geschichten dieses Buches wurden in den Jahren 1991 bis 2012 geschrieben. Darüber, ob sich autobiografische Bezüge finden lassen, kann nur spekuliert werden. Häufig fokussieren die Texte Sachverhalte der wirtschaftlichen Ausbeutung von Mensch und Natur sowie philosophische Aspekte des Erkenntnisgewinns. Manchmal sind es einfach Anekdoten über Lieblingsdrinks, Jugendträume — oder abenteuerliche Ausflüge.

Alexander Zimmermann wurde im September 1970 in Berlin geboren, wuchs in Spandau und später in Lichtenrade auf. Er arbeitete zunächst als Industriemechaniker der Fachrichtung Maschinen- und Systemtechnik, dann als Erzieher und Sozialpädagoge. In Hamburg studierte er Sozialökonomie; als Thema seiner Vordiplomarbeit wählte er das Spannungsfeld um internationalen Walfang und wirtschaftliche Globalisierung.

Im Jahr 2020 verstarb er vor seinem 50. Geburtstag in seiner Lieblingsstadt Berlin.

Genau so ich

Erzählungen

Alexander Zimmermann

Bibliografische Information der Deutschen Nationalbiblio-
thek: Die Deutsche Nationalbibliothek verzeichnet diese
Publikation in der Deutschen Nationalbibliografie; detail-
lierte bibliografische Daten sind im Internet über
dnb.dnb.de abrufbar.

Covergestaltung: jerazi unter Verwendung eines Motivs
von dasmich – Michael Dehnel (1968 – 2020), Dreamer,
1995. Copy Art, 95 x 62 cm. Sammlung Helbig, Berlin.

© 2022 Jens Zimmermann, Berlin

Herstellung und Verlag: BoD – Books on De-
mand, Norderstedt

ISBN: 978-3-756-23313-7

Vorwort

Die folgenden Erzählungen fand ich abgeheftet zusammen mit Fotos und Zeichnungen in einem Karton. Nur wenige Dinge hatte ihr Autor Alexander Zimmermann mitgenommen in seine letzte Wohnung. Er war leidenschaftlicher Surfer, aufgeschlossen für alles, was es in dieser Welt zu entdecken gibt.

Erwähnte ich seine Faibles für Keksebacken, Kartenspiel, Plaudereien? Er reiste durch die Welt, durch dieses sein Leben, bis eine schwere Krankheit versuchte, ihn zu brechen.

Alexander Zimmermann starb 2020 unter ungeklärten Umständen. Gemeinsam mit seinem Freund seit frühesten Kindertagen gab ich meinen Bruder letztes Geleit an einem wolkenlosen Frühlingstag. Mild war es, die Luft wie Seide. Der Himmel war blau. Mein Bruder hätte es geliebt.

Freitag zu Samstag

Im Fernsehen lief ein spannender Krimi. Am besten gefiel mir die Nebenrolle. Die wurde gespielt von einem Engel, ausgestattet mit erstaunlichen Brüsten. Der Engel kam aus Los Angeles. War in den neunziger Jahren mit einem Drummer einer berühmten Rockband verheiratet gewesen, und zusammen hatten die beiden einen Sohn gemacht.

Ich saß an meinem Schreibtisch, guckte den Film und verzehrte mein Essen. Den Film guckte ich mit halbem Auge. In einer Stadtzeitung hatten meine Augen gelesen, dass heute Abend eine progressive Funk-, Punk-, Rockband musizieren wollte, und das auch noch in meinem Lieblingscafé. Je später es wurde, desto hibbeliger verhielt ich mich. Plötzlich wendete alles und in mir stieg Abenteuerlust auf. Von drinnen schien die Nacht warm und sanft sich zu gestalten, und sie rief mich. Sie lockte mich mit schönsten Versprechungen und ich wollte ihr nicht widerstehen. Hinaus. In das tosende Leben eintauchen. Ehe ich mich versah, was da so abging, steckten meine Füße in ihren Schuhen. Mich umhüllte mein Mantel, und los lief es. Der Engel spielte jetzt die zweite Geige. Außerdem kannte ich den Film.

Mein Weg führte an einem Friedhof vorbei. Nicht, dass das ein Problem darstellte. Nein. Tagsüber machte dieser einen harmlosen Eindruck. Ein schmaler Friedhof. Er lag an einer Autobahn und sah eben aus, wie ein stiller Ort. Aber jetzt leuchteten die Sterne und es war Vollmond in dieser Nacht. Über alten Baumwipfeln schwebte er und grinste mich an. In der ganzen Zeit meines Weges hörte ich einen Uhu erzählen. Der war, irgendwo, auf dem Friedhof. Vielleicht saß er auf einem Baum und leckte sich seine Krallen ab beim Erzählen.

Ich beeilte mich und sprang in den ersten Eingang von einer U-Bahn. Auf dem Bahnsteig stand ich alleine rum. Das Neonlicht, grell und kalt, leuchtete jeden Winkel gefühlsarm aus. Ich guckte mir den Fahrplan an und musste feststellen, dass gleich die letzte Bahn kommen würde, und das wäre es dann gewesen.

In mir tauchte ein unangenehmes Kribbeln auf. Ich hätte vielleicht besser zurückgehen sollen. Das wäre vernünftiger gewesen, aber ich blieb stehen und wartete auf die U-Bahn. In mir diskutierte ich Pro und Kontra. Gefühl gegen Wunsch. Ich wollte ausgehen und schließlich setzte ich mich durch.

In dem Moment kam die U-Bahn und donnerte träge in den Bahnhof ein. Das war der letzte Zug für heute Nacht. Und dann stieg ich in die Bahn ein.

Hinter mir schlossen sich die Türen. Das Ding setzte sich in Bewegung. In meinem Abteil befanden sich Eishockeyfans. Alle drängelten sich dicht zusammen und sangen lauthals über den Sieg ihres Teams. O Mann! Eisbärenfans. Die müssen alle betrunken gewesen sein. Die sangen ein Zeug zusammen. Frauen wie Männer. Im Grunde beneidete ich sie. Sie hatten einen guten Tag gehabt und feierten ihre Freude lärmend raus.

Gleich fuhr die Bahn in den nächsten Bahnhof ein. Mein Herz pochte. Ich möchte erwähnen, dass ich U-Bahn langweilig finde. Ein Mittel, um von A nach B zu kommen. Mehr nicht. Mit der Zeit erfand ich ein Spiel mit mir, und wenn ich U-Bahn fuhr, dann wettete ich mit mir selber. Steigen jetzt kontrollierende Bedienstete in mein Abteil ein oder nicht? Immerhin handelte es sich um die letzte U-Bahn. Und diese bestand aus vier Wagons. Die Chance, dass es passieren konnte, fand ihre Berechtigung. Aber. Da war niemand. Nur ein Ansager in seinem Haus, und er sagte seinen Spruch auf, als der Zug im Bahnhof zum Stehen kam. Da waren noch sieben Stationen zu bewältigen gewesen. Bis ich endlich mein Ziel erreichte und ankam.

Als ich meinen Zielbahnhof erreichte und ich den singenden Eishockeyfans *Tschüss* sagen musste, ging ich mit leichten Füßen zu meinem Lieblingscafé. In mir machte sich Spannung breit. Was würde mich erwarten?

Mein Café. Diese Gaststätte quoll über vor lauter Gästen. An dem heutigen Abend hatten sich Punks eingefunden und ich hatte bis da hin noch nie so viele Punks gesehen an einem Ort. Ich drängelte mich rein in mein Café, bis an die Bar, um mir ein großes Bier zu bestellen. Ich spürte, anders hätte ich die ganze Aufregung nicht ertragen können. Netterweise wurde mir im Laden eine Zigarette angeboten von einer Punkerin, und das rettete mir meine Stimmung. Ich hatte ein großes Bier und eine Zigarette. Und jetzt konnte die Nacht losgehen. Auf der Suche nach einem Platz, wo ich mein Bier genießen konnte, begegnete ich Punks. Der Laden war voll. Aber mit Schieben und Durchwurschteln gelang es mir, meinen Platz zu erkämpfen.

Die Sicht zur Bühne war gut und ich konnte mich auf mein Bier konzentrieren. Mal sehen, was der Abend mir bietet, dachte ich mir, und ich gabelte ein Programmheftchen auf und fand darin die Band. Ich süffelte an meinem Bier und las alles, was wissenswert war, über die Band »Bert'z Rache«. Damit ich eine Vorstellung bekam, was mich denn erwarten würde gleich. Irgendwie beunruhigte mich der Text und ein unbehagliches Gefühl stellte sich bei mir ein.

Mein Umfeld schien in Ordnung zu sein. Die Punks um mich herum saßen entspannt auf dem Boden, und sie machten alle einen sympathischen Eindruck auf mich. Mit einer Punkerin pflegte ich Blickkontakt. Und dieser Blickkontakt war wirklich nett. Froher Mut stellte sich bei mir ein und mein Bier wirkte langsam auf mich.

Die Band kam. Die Band kam und drängelte sich durch das Publikum, um die Bühne zu erreichen. Es war sehr voll und, selbst beim Stehen, konnte man schwer atmen. Nach einer Zeit schaffte es die Band und sammelte sich auf der Rampe.

»One, two, three, four!«, grölte der Sänger in sein Mikrofon. Ein hardcoriges Geschrammel ergoss sich aus Konzertboxen auf das Publikum nieder. Die allermeisten Jugendlichen sprangen los. Erst mal wurde ordentlich durch die Gegend gehüpft. Die Punkerin, mit der ich Augenkontakt hatte, sprang mich begeistert an. Immer wilder. Das ganze entwickelte sich zu einem Pogomarathon auf sehr engem Raum, da ja sehr viele Leute dabei waren.

Und alle hatten einen Gedanken, *Hotten, was das Zeug hält!*

Und ich? Ich stand mitten drin, hatte ein leeres Bierglas in meinen Händen und suchte nach einer Möglichkeit, es abstellen zu können. Aber nichts. Anscheinend wussten die Besitzer vom Laden, was ihnen blühen würde heute Nacht. Nirgends war ein Tisch oder Stuhl zu sehen. Nichts. Innerlich gratulierte ich mir zu dieser Glanzleistung, die ich mir mit diesem Konzert bot. Die Punkerin, die mich in all der Zeit immer wieder ansprang, gab mir Mut und Kraft. Ich wühlte mich mit meinem leeren Bierglas an die Bar. Nach großen Anstrengungen gelang mir, das leere Bierglas hinter der Theke abzustellen. Jetzt vermisste ich die Punkerin. Sie war nicht mehr da. Alles, was ich machen konnte in diesem Moment, war, ihr alles Gute zu wünschen. Ich drehte mich um und fasste den Ausgang ins Auge.

Von draußen stürmten mehr Punks ran und schoben sich rein, quetschten sich durch den Eingang. Das ganze wuchs zu einem Inferno an. Mit glasigen Augen guckte ich zum pressenden Ausgang. Es gab nur diesen einen Eingang, respektive Ausgang. Ich dachte an die Punkerin und drehte mich wild herum. Hinter der Theke stand eine Frau und sie grinste mich an. Das war meine Schwester. Sie hatte mich schon immer gerettet. Und sie tauchte immer dann auf, wenn ich überhaupt nicht an sie dachte. Sie führte mich durch das Bierlager und öffnete mir die Luke für die Bierzufuhr. Ich kletterte, rettete mich nach draußen, auf kalten Betonboden. Der Laden, mein Lieblingscafé, verschwunden hinter einer Hausmauer. Ich stand außerhalb davon. Die Hauswand vom Café dröhnte gut ab und ich lief ein paar Meter weg, um Abstand zu schaffen. Mir ging es gut, ich sprühte vor Glückseligkeit und lief über mit lautem Übermut. »HA! Ich bin lebendig, ich lebe!«, schrie ich in die Nacht.

Nach diesem Erlebnis hatte ich keine Lust mehr auf öffentliche Verkehrsanschlüsse in dieser Nacht, und ich beschloss, den ganzen, dunklen, kalten und einsamen Weg zu laufen. Wenn ich an dem Friedhof angekommen war, dann wollte ich dem Uhu was erzählen. So hatte ich mir das jedenfalls vorgestellt. Und los ging ich.

Für heute hatte ich genug Quälerei, Punks, U-Bahn-stationen, Eishockeyfans. Hatte auch einen Uhu und einen Engel gehabt.

»Hast du mal 'ne Fluppe für mich?«

»WAS?«

»Na, eine Lulle, 'ne Zichte, eben 'ne Zigarette, Mann!«

Unglaublich! Meine geschundene Person wurde mit einer dunklen, großen Figur konfrontiert. Sie saß ein paar Meter weg von mir im Gebüsch. Diese Figur stand auf, war jetzt noch größer, und kam zu mir ran. Die Gestalt entpuppte sich als männlicher Punk.

»Hier«, sagte ich und bot ihm eine Zigarette an.

»Hey ... Alter, erkennst du mich nicht? Ich bin's ... HA, HA, HA, HA!«

Bei näherem Hinsehen erkannte ich einen früheren Mitstudi von mir – und ich muss ihn echt erstaunt angeguckt haben. Er lachte und lachte, wie in alten Zeiten. Ich hatte ihn an seinem Lachen erkannt.

»Was machst du hier?«, fragte ich ihn.

»Ach, nichts Besonderes ... bin der Manager der Band. Sonst nichts.«

»Du bist mir einer ... hast die Ladenbesitzer gewarnt, was?«, fragte ich.

»HA, HA, HA, HA! Warst du drin? HA, HA, HA, HA! Guter Mann! Mann, du wirst es nicht glauben, aber ich habe hier einen Job. Einen echten Job! Und der macht mir Spaß.«

»O Mann ... Wie geht's deiner Frau?«, fragte ich. »Ach, die ... Die ist schon wieder schwanger ... Sonst geht's gut. Und selber?«

»Geht so ...«, erwiderte ich.

»Ach, mach dir keine Sorgen. Denke immer daran, was einst Jack Burton sagte, und dann geht's.«

»Jack Burton war ein Philosoph.«

»Ein guter. Weisß du? Letztendlich sind wir hier, um Spaß zu haben. Ha, Ha, Ha, Ha!«

»Du hast recht.«

Wir setzten uns auf die Straße und rauchten Zigaretten und quasselten über das Leben. Dann lachten wir beide darüber. Nach einer Weile verabschiedeten wir uns voneinander und gingen getrennte Wege. *Diese Nacht hatte sich wirklich gelohnt für mich.*

Cath

Wirklich ein schöner Tag, ein unverschämt schöner Tag. Mondano war auf dem Weg zu seinem Zuhause, welches sich in der Innenstadt dieser grellen Stadt Berlin, urban und voller Leben, befand. Berlin. Mondanos Heimat. Eine Stadt, wo es einige Möglichkeiten gab, zu versumpfen. Sich im Morast zu suhlen und seinen Leidenschaften genüsslich Wonnen zu bereiten. Sich damit aufbauen, es akkumulieren und Höhen ergründen. Höhen schaffen, um neue Böden zu betreten, für eigenes Wachstum. Jedenfalls lebte Mondano mit solchen Einstellungen und er versuchte, sich seinem Geist bewusst entgegen zu stellen.

Fast angekommen durchschritt Mondano den ersten Hinterhof des Mietshauses, wo er seine Wohnung hatte. Das Brodeln von Berlin wirkte zu dieser Jahreszeit sehr stimulierend auf ihn ein. Überall flogen Verheißungen umher und der warme, klare Nachmittag mit seinen Sonnenstrahlen durchflutete jeden Winkel von Berlin. Angekommen warf Mondano seine Jacke in eine Ecke seines Flures, ging zur Stereoanlage und knipste erst mal Musik an. Jetzt war er zu Hause. Auf dem Weg zum Kühlschrank wurde der Fernseher angeschaltet und gab stumm sich bewegende Bilder. Ein Bier wartete gekühlt in der Kühlschranktür auf ihn. So ein Bier war für Mondano bei den aktuellen Begebenheiten und Temperaturen ein gutes Mittel, um ein wenig Entspannung finden zu können. An das Küchenfenster gekauert blickte er raus, zum erleuchteten, blauen Himmel dieser Metropole, trank vom Bier und saugte die Eindrücke in sich hinein. Alles schien dermaßen explosiv aufgeladen in der Umgebung, und irgendetwas lag heute in der Luft. Den ganzen Tag über hatte Mondano ein Gefühl, als würde ihn jemand verfolgen.

Das Telefon klingelte gerade, als er sein vermisstes Lieblingsbuch in der Speisekammer erblickte und verzückt darin stöberte.

»Wer da?«

»Ich bin's, Cath.«

Cath. Sie war die Verlobte seines homosexuellen Halbbruders. Eine Verbindung, die eine Menge Vorteile für beide Beteiligten brachte. Was immer Cath und ihr Verlobter im Schilde führten. Bis heute kamen sie durch damit und es machte den Anschein, als expandiere ihre Beziehung glücklich. Mondano fragte einmal Cath, ob sie schon mal versucht hatte, mit ihrem Verlobten Sex zu haben, aber daraufhin, auf diese direkte Frage, schmunzelte sie undurchdringlich vielsagend und sagte nichts zu diesem Thema.

Delikater war, dass Cath einen festen Freund neben ihrem Verlobten führte. Einen britischen Punk aus Portsmouth. Diesen Punk importierte sie, nachdem sie lange Zeit in England gelebt, und die Sprachen studiert hatte. Bolorus nannte er sich und er besaß einen außergewöhnlichen Akzent und brachte eine Art und Weise hervor, sich zu artikulieren, dass alle Menschen um ihn herum begeistert wurden, von ihm.

Ihr fester Freund konnte Dinge sehen, die für andere offensichtlich weder da waren, noch existierten. Bolorus hörte Sachen in Situationen heraus, die nie gesagt wurden, allenfalls gedacht, wenn überhaupt. Jedenfalls war es kurios, seine Bekanntschaft gemacht zu haben, und seine Freunde hatten immer was zu Lachen mit ihm oder staunten. Cath brauchte Bolorus. Er war wichtig für den emotionalen Ausgleich ihres Gleichgewichts in ihrem Leben und zur Herstellung von grenzenloser Harmonie.

Ihr Verlobter und sie lernten sich hier in Berlin kennen. Auf einer Lesung über anatomische Malerei von Geschlechtsorganen. Beide entdeckten ihre Schwäche für Männer und die Liebe zu ihnen und wahrscheinlich in der Zeit wussten beide, dass sie miteinander auskommen würden, und entdeckten Zuneigung. Ihr Verlobter führte in der Hauptzeit ein angstvolles Leben. Er hatte Angst vor zwischenmenschlichen körperlichen Kontakten und, so wie Mondano es von Cath verstand, war unfähig, normalen Verkehr mit Männern zu haben.

Ganz anders lebte Cath. Sie bewegte sich offensiv und freizügig unter den Menschen und liebte es, ihre Sexualität kraftvoll darzustellen. Cath liebte, Frau zu sein. Wenn ein Handicap sie runter zog oder andere Einflüsse an ihr nagten, wie im Leben oft, dann kompensierte sie mit enthemmenden, ausschweifenden Sexeskapaden ihr Unglück, bis endlich Licht in ihrem Selbst auftauchte. Jedes gravierende Problem ließ sich lösen damit. Und die körperlichen Hingaben spendeten viel Kraft. Hinzu kam ihre Affinität zu Männern. Cath konnte nicht genug bekommen. So schien es logisch, dass daraus eine Profession wurde. Eine Callgirl-Agentur nahm sie unter Vertrag. Eine Institution gehobener Ansprüche. Dort brachen alle Dämme. Jetzt kannte sie kein Aufhalten mehr und lebte darin in vollen Zügen.

»Will dich haben, komm her.«

»Wo bist du?«

»Ganz in deiner Nähe, passe auf eine Wohnung auf, du weißt schon.«

Klick.

Mondano trank sein Bier bewusst langsam und in Ruhe. Sein gesamter Körper elektrisierte und spannte angenehm sich durch. Sein Großhirn schaltete freundlich ab und ließ Raum für Lust, Fleisch und Emotionen.

Cath. Sie schrieb Geschichten über ihre Abenteuer, mit Menschen jedes Sexus, unter anderen Überschriften, und verlas diese in einem exquisiten Autorenkreis. Oft wurde sie von Mondano begleitet und andere Bewunderer kamen, um sie zu sehen und um ihre Geschichten in sich aufzunehmen. Diese literarischen Spektakel entwickelten sich zu ausschweifenden Festen und erweckten den Eindruck, als würde es kein Morgen geben. Aber es gab immer wieder einen Morgen. Wieder, wenn sich ein entrückter, verzauberter und intimer Moment ergab für Cath und Mondano. Dann konnten sie knisternde Liebe, Erotik, literarisch manifestieren. Cath war das Besondere für Mondano. Beide lernten sich kennen bei einer Familienfeierlichkeit. Sehr bald entdeckten sie ihren Appetit aufeinander. Die weitere Entwicklung verlief wie ein brausender Strom auf seinem Weg ins unendliche Universum. Keine Frau schaffte je, ihn so in ihren Bann zu ziehen, wie sie. Ihretwegen fing er selbst an, zu schreiben, und pflegte bewusste Bereitschaft, sich literarischen Horizonten zu öffnen, diese zu empfinden und sie zu sehen.

Auf der Straße trafen sich die Freunde, als Mondano gerade seinen Weg machte, in die Finger von Cath zu geraten. Die Sonne schien, und Wärme hatte sich breit ausgedehnt im Kiez. Alberto und Mondano, zwei alte Freunde, die sich seit ihrer Baby-Krippe kannten. Von Anfang an bildeten die beiden ein unzertrennliches Paar. Sein Freund Alberto sah sehr niedergeschlagen aus. Durch Umherirren landeten sie im Garten einer Bierpinte. Sie erinnerten sich an bessere Tage. Fest standen die beiden zueinander. Was der Eine nicht wusste, glich der Andere oftmals mit besserwisserischer Überheblichkeit aus.

Schließlich hatten sich die Wege getrennt und jeder versuchte sein Glück irgendwie bei einer anderen Hochschule, um seinem Leben eine Zukunft auszubreiten. Jeder für sich glaubte an sein Talent und wollte unbedingt Karriere fabrizieren. In der Studienzeit von Alberto, im jugendlichen Alter, tauchte eine Prinzessin auf und verdrehte seinen Kopf. Die Prinzessin, ihr Name war Gloria, schraubte mit weiblicher Spitzfindigkeit Albertos Nacken entzwei, um ihm das Herz für immer zu rauben. Gloria und Alberto heirateten bald und machten aus ihrer Hochzeit eine sehr große Party. Für Mondano ging ein Traum in Erfüllung. Diese beiden vermählten naiven Heißsporne gaben zusammen ein ideales Paar. In der Berliner Jazzlandschaft stellten sie neue Rekorde auf. Ihnen wurden Salontüren aufgehalten. Jeder wollte gut befreundet sein mit ihnen, und überall hatten sie unendlichen Kredit.

Jetzt jedoch wollte Alberto mit einer anderen Frau durchbrennen. Für Mondano brach eine Welt zusammen, als er die Worte von Alberto vernahm. Alberto war sein Nennbruder und beide erlebten viel gemeinsam, gerade in der Zeit, als sie aufwuchsen, in der gleichen Gegend. *Wie konnte das geschehen?* Alberto und Gloria repräsentierten für ihn das Traumpaar. Er kam zu ihrer Hochzeit. Lernte die ganze Familie kennen und steckte mitten drin, in wachsender Glückseligkeit. Es fühlte sich nun an, als wenn jemand den Juwelenschatz der gesamten Gesellschaft geraubt hatte. Wie, als wenn alle Kunstsammlungen in die Spree gegossen wurden. Da existierte ein Bild im geistigen Inneren von ihm, und er weigerte sich, davon Abschied nehmen zu müssen. Er wollte es nicht. Aber sein Nennbruder machte ja sowieso, was er wollte. *So war er schon immer.* Obwohl Alberto den jüngeren darstellte, auch wenn es sich nur um sieben Monate handelte.

Die ganze Aufregung, verbunden mit emotionalen Ängsten, erinnerte Mondano an das Erlebnis mit Nathalja. Seine große Liebschaft mit Taschka. So nannte er sie liebevoll. Die Geschichte begann voller Verheißungen und alles passte perfekt ineinander. Sie liebten sich und wollten Kinder haben. Irgendwas ging schief. Keiner von beiden konnte oder wollte es jemals ergründen. Mondano schob das Ganze auf die Tatsache, dass beide viel zu jung waren dafür. Die Sache erlebten sie, als sie als Teenager durch diese Stadt Berlin tanzten und große Pläne in ihren Herzen trugen.

Der Abend kam auf leisen Sohlen dahin gekrochen und plötzlich saßen die beiden Brüder unter bunten Leuchtlampen in einem Biergarten, mitten in der Stadt. Da schien keine Lösung in greifbarer Nähe zu sein. *Wie auch?* Keiner wollte darüber wirklich nachdenken. In Gedanken versunken, süffelte jeder an seinem Bier, bis zur Neige. Sie verabredeten sich unbestimmt für ein weiteres Mal, wenn sie sich über den Weg laufen würden. Irgendwann in der Zukunft. Und dann trennten sie sich.

Cath stand in ihrer Unterwäsche an der Wohnungstür und wieder einmal schaffte sie es mit ihrer unschuldigen Art, mit ihren unschuldigen Bewegungen, Mondanos Hirn auszuschalten.

Der Morgen schimmerte durch beschlagene Fenster. Cath und Mondano lagen abgekämpft und befriedigt auf dem verwüsteten Bett und rauchten. Sie teilten sich eine Zigarette, wie zwei, die durch Dick und Dünn gehen.

»Ich habe da einen Mann, der ist ... glaube, der will was von mir ... Wenn wir miteinander schlafen und er ist dann gekommen ... dann ... der ist weg. Er ist für ein paar Sekunden nicht da, nicht ansprechbar.«

»Hört sich merkwürdig an.«

»Ja. Ich bin, glaube ich, verliebt und ... ich will ihn haben. Weißt du ... wir haben schon eine Menge Fluchtpläne zusammen geschmiedet. Er will seine Familie verlassen und dann wollen wir abhauen. Was meinst du ...? Wir gehen nach Südafrika und dort fangen wir neu an. So machen wir es.«

Mondano lag an ihr dran. Er wollte keinen ernsthaften Gedanken fassen oder aufnehmen. Seine Entspannung fühlte sich einfach zu gut an. *Endlich, kein Stress.* Ganz anders verhielt sich Cath. Sie sprudelte vor Belebung und lief über, an Gedanken und Worten, wie ein Wasserfall.

»Ich mache mir Sorgen um dich. Cath. Du beschwörst eine Menge Terror und Leid herbei.«

»Ich liebe ihn.«

»Oh, Cathy.«

»Das ist nicht so einfach für mich, ihn aufzugeben. Er füllt mein Herz. Ist irgendwie was anderes. Scheint, er hat viel Liebe übrig, für mich. Wir hatten uns schon ein paarmal getrennt, o ja. Aber. Am Ende fanden wir doch wieder zusammen. Wir suchen uns, wenn wir auseinander sind. Das ist so.«

»Oooh, Cath«

»Das letzte Mal, als er sich von mir trennte, o Mann. Er rief mich an und sagte durchs Telefon: ›Bye‹. Einfach so. Als existierte nichts zwischen uns. Dann hörte ich, und das war das Letzte, was ich von ihm hörte. Ein lautes Scheppern. Er muss sein Telefon mächtig zertrümmert haben. Ha, ha, egal. Und ich. Ich ging in meine Küche, zerschlug Teller und dann ... dann fasste ich in die Scherben und ballte meine Hände zu Fäusten, bis Blut floss ... Anders hätte ich diesen Schmerz nicht ertragen können.«

Cath weinte jetzt und drückte sich, ganz fest, an ihn und ließ sich streicheln und liebkosen, bis es wieder ging mit ihrer Fassung.

»Na ja, und eine Woche später lauerte er mir auf. An meinem Badesee. An meiner Lieblingsbadestelle. Und ... und dann ... wir gehören einfach zusammen. Da kann man nichts machen. Das ist eben so.«

Mondano spürte, wie wieder Trauer in ihr aufstieg und plötzlich fühlte er zwei Herzen schlagen. Da wusste er, dass sie es ernst meinte. Cath war jetzt nicht mehr alleine und unabhängig in der Welt. Wärme stieg auf in den beiden Verlorenen dieses Universums. Sie kuschelten sich ineinander und streichelten sich.

Weißt du noch ...?

Gleißendes Licht – über all – um uns herum
    Wir waren so hoch

Kleine Engel schwirrten an uns rum – und küssten –
    all die Zeit

Wir hatten keine weiche Landung
    Du hast mir dein Geheimnis der Liebe erzählt

Ich weiß jetzt, wir wollen uns

Mit fester Absicht rennst du los

Genauso ich

Wir treffen uns nicht
    Was bleibt von uns übrig?

Per Cani

Camilla: »Jetzt steh endlich auf – Pepe ... Ist schon nach-
mittags. Du wolltest mit den Kindern und Per Cani noch
schlendern gehen. Und denk dran: Wir brauchen unbedingt einen neuen Pürierstab. Den wollten wir eigentlich
heute kaufen, weißt du noch?«

»Gib mir fünf Minuten. Jehaa, ja ... Camilla, du meine
Romana. Bin unterwegs ... Ich komme.«

Kinder: »Pappiii! ... Steh auf! Steh auf, steh auf! Steh
auf! Steh auf!«

Mit wachsender Begeisterung sprangen Romi-Ana
und Paris auf dem warmen Ehebett von Camilla und
Pepe umher. Als wäre es ein Trampolin und sie kicherten
und lachten dabei, aus vollen Herzen. Sie liebten ihren
Vater, ihre Mutter und Per Cani, und sie konnten es
kaum abwarten, heute in den Elektrosupermarkt einzu-
kehren. Camilla hatte ihnen eingeschärft, dass sie heute,
genau heute, zu diesem Multimedia Elektroshop fahren
würden. Sie würden allerlei Elektrokram kaufen müssen,
denn heute sei ein besonderer Tag dafür. So eine Art besonderes Billigkaufwochenende. Heute konnte man da
alles Mögliche kaufen, mit dreißig Prozent Rabatt und
ohne Mehrwertsteuer. Irgendein neuer Laden, der seine
Neueröffnung damit feierte und Kunden fing.

Per Cani jaulte. Er konnte dieses Ritual, das allmorgend-
liche Aufstehritual, nicht mit ansehen oder ertragen. Wie

er mit ansehen musste, immer wieder, wie die Kinder seinen besten Freund Pepe traktierten.

Camilla: »Steh auf Pepe. Selbst Per Cani, dein Freund, will es so.«

Pepe versuchte sich langsam, aber beständig, aus dem Bett zu ziehen. Müde und träge schleppte er sich zum rettenden Sofa, welches neben dem Bett stand von Per Cani, und ließ sich dankbar darauf nieder.

Pepe: »Per Cani, mein Freund. Ja, komm her ... lass dich umarmen.«

Voller Liebe warf sich Per Cani in die Arme von Pepe, und fing an, Pepes Gesicht abzuschlabbern. Die Kinder johlten und sprangen zum Sofa rüber. Sie wollten unbedingt mitmachen bei diesem Aufstehritual, was sich so ziemlich fast jeden Morgen abhandelte, mit Pepe und Per Cani. Paris und Romi-Ana kreischten, jaulten und lachten. Sie alle waren glücklich.

Camilla kam zurück aus der Küche und lehnte sich an den Türrahmen des Schlafzimmers, blickte zu ihrer rasselnden Bande, lächelte glücklich und ließ einen zufriedenen Seufzer ab. Einen Entspanner blies sie in den Raum. Dann klatschte sie ihre Hände zusammen und forderte endlich Aktion von den tobenden Elementen im Schlafzimmer, immerhin wollten sie alle noch was erledigen.

Per Cani sprang zufrieden als Erster los und rannte in die Küche zu seinem Fressnapf. Camilla hatte dort schon sein Frühstück eingefüllt. Auf Camilla war in solchen Dingen Verlass und das schätzte Per Cani am meisten an ihr. Pepe verschwand im Bad und die Kinder rannten in den Flur zur Garderobe, um sich schon mal für den heutigen Tag fertig anzuziehen.

Als die Familie endlich schaffte, loszustarten, wurden sie mit einem feuchtkalten Wintertag konfrontiert. Einer von diesen Tagen, wo es nicht gravierend kalt ist, aber einem kalte Feuchtigkeit sofort in die Knochen zieht. Am liebsten in das Rückgrat. Der Tag eröffnete sich außergewöhnlich. Auf den Straßen türmten sich zusammengepappte Schneeklumpen und Wind fegte auf dem eisigen Asphalt, die Straßen spiegelblank.

Langsam, ganz langsam, tuckerte und schlängelte ein feuerroter Kombi mit aufgeschnalltem Dachgepäckträger sich seinen Weg. Pepe drehte am Lautstärkeregler des Radios und summte das Lied mit, welches gerade spielte. Camilla fummelte im Handschuhfach vom Kombi. Sie suchte ihren Walkman, aber dieses Ding tauchte nicht auf. Der Walkman schien nicht an Bord des Kombis zu sein. Mit ihrer Lieblingsmusik bestückt, aufgenommen von Pepe. Ihre Musik erzählte von nicht endenden Sommertagen am Meer und von rauschenden Festen, abgehalten im Überfluss; von allem, was das Herz begehrt.

Per Cani hatte es sich gemütlich gemacht, auf seiner Daunendecke. Entspannt lag er auf ihr und gähnte beim Zugucken, wie Romi-Ana und Paris Karten spielten und dabei versuchten zu tricksen. Sie hatten es geschafft. Pepe manövrierte den Kombi auf einen großen Parkplatz, einen von drei Parkplätzen des besagten Multimedia Supermarktes. Dieser Parkplatz war brechend voll und genauso verhielt es sich auch mit den anderen Parkplätzen. Um die vielen geparkten Autos schlitterten und schoben sich Menschenmassen mit ihren vollgepackten Einkaufswagen hin und her. Die Massen bewegten sich vom Supermarkt weg, oder hin. Die Geschehnisse auf den Parkplätzen passierten gleichzeitig. Zwischen all diesen vielen Menschen tauchten von Zeit zu Zeit Polizisten auf und versuchten Ordnung durchzusetzen im großen Durcheinander.

Camilla: »Pepe! Da! Da fährt einer weg. Da fährt einer raus und will den Parkplatz frei machen!«

Aufgeregt und mit wildem Blick in irren Augen, fuchtelte Camilla mit ihren Händen durch die Autoluft. Dann fing sie an, mit den Zeigefingern auf die Frontscheibe vor Pepe zu hämmern. Um ihm den Weg zu weisen, zur verlassenen Parkbucht. Und tatsächlich. Pepe schaffte es, den Kombi rechtzeitig, vor anderen Suchenden mit ihren Autos, in diese besagte Parklücke zu fahren. Der Kombi stand vor einer großen Hecke. Diese Hecke machte einen mächtigen Eindruck und bestimmt würde sie im Sommer besser aussehen. Der Wagen parkte bequem in seiner Nische. Das Tageslicht wurde, dank der Hecke, noch dunkler und schattiger im Auto. Viele kahle Äste sogen das wenige Licht anscheinend in sich auf. Nachdem Pepe den Motor ausgeschaltet hatte, wurde es sofort kalt im Kombi und schattig.

Pepe: »Angekommen. Es ist jetzt schon zu kalt für Per Cani ... Wir haben an seine alte Hüfte zu denken, und du weißt, Camilla: Noch so ein Kälteschub, dann ist es aus mit seiner jugendlichen Lebendigkeit und er muss für immer im Rollstuhl sitzen.«

Camilla: »Ich weiß ... Ist ja auch echt ein ungemütlicher Tag, heute ... Guck mal. Da nehmen Zwei anscheinend ihren Hund in den Laden mit. Das machen garantiert viele heute. Wir nehmen Per Cani mit! Wir machen das auch!«

Kinder: »Per Cani kommt mit! Per Cani kommt mit! Per Cani kommt mit! Per Cani kommt!«

Pepe: »Ich weiß nicht. Per Cani mag solche Massenaufläufe nicht. Nicht besonders gerne. Vielleicht wäre es besser, wenn Per Cani und ich hier im Wagen auf euch warten? Wir lassen den Motor laufen und ihr nehmt so viel Zeit, wie ihr wollt. Und macht Einkäufe. Camilla ... Denk bitte an meine Schreibtischlampe.«

Camilla: »Vergiss es. Ihr kommt mit und basta.«

Per Cani folgte mit spitzen Ohren der Diskussion von Camilla und seinem Mentor Pepe. Er wusste, was ihm blühen würde und mit großen, gefassten Augen wanderte sein Blick langsam hin, zu den wimmelnden Menschenmassen da draußen, außerhalb des schützenden Autos. Romi-Ana und Paris freuten sich, dass es endlich losging, und beide fingen an, sich hoch zu toben. Pepe und Per Cani schauten sich wissend an. Sie wussten jetzt, dass sie da durch mussten. Camilla machte einen ergriffenen Eindruck und die Kinder sprühten vor Optimismus. Mit frischem Mut öffnete Pepe seinen Mantel und lud Per Cani ein, welcher gar nicht glücklich guckte. Jaulend und wimmernd ließ er Pepe machen.

Die Familie stapfte und schlitterte in Richtung der großen Eingangstüren vom Supermarkt. Den Kindern machte es Spaß und sie schlitterten mächtig durch die

Gegend. Camilla hatte voll zu tun mit den beiden Rabauken und Pepe hielt behutsam seinen dicken Bauch, als wäre er schwanger.

Der Wind wehte kühl in die Gesichter der Familie. Mutig machten sie ihren Weg vorwärts zum Elektrosupermarkt. Zügig erreichten sie eines von diesen Eingangsportalen. Hinein drängten Menschenmassen durch alle Eingangsschlitze des Shops. Die Menschen schoben und drängelten in den Regalgassen, auf den Passagen, zwischen den großen, langen Regalwänden und drückten sich gegenseitig in jede Richtung.

Camilla: »Da! Da steht ein leerer, unbenutzter Einkaufstransportwagen. Los! Beeilung, den müssen wir haben!«

Die Kinder setzten sich gleich auf diesen Wagen drauf und brachten Camilla zum Jubeln. Für Camilla schien die Sonne und jetzt konnte endlich konsumiert werden. Pepe packte Per Cani aus seinem Mantel aus und setzte ihn auf den Wagen zu den Kindern. Pepe schnappte sich die Steuerstange und schaute Camilla an mit hungrigen Augen. Auch Camilla guckte kribblig und dann marschierte sie los. Per Cani guckte starr vor sich her, mit großen Augen. Er wünschte, einfach zu Hause zu sein und ruhig den Tag von seinem Sofa aus zu betrachten.

Camilla und Pepe waren ein gut eingespieltes Team im Konsumieren. Camilla suchte und fand. Pepe lenkte, jonglierte jeden Einkaufswagen, den es gab auf der Welt, und er konnte das wirklich gut. Da machte es auch nichts aus, wenn das Ladegewicht weit überschritten wurde. Die Spiele hatten begonnen. Mit der Zeit stapelten sich Kästchen und Kisten auf dem Wagen, und Per Cani gewann an Höhe. Er konnte sich, mit dem Wachstum seines Untergrundes, immer besser ein Bild von diesem Ausmaß machen. Nach einer ganzen Weile ebbte das wilde Konsumieren von Camilla, Paris, Romi-Ana und Pepe ab. Pepe bewegte den zugeladenen Wagen in Richtung der langen Warteschlangen vor den Kassen. An einer Warteschlange angekommen, holten alle erst mal tief Luft und atmeten durch nach diesem anstrengenden Marathonrennen. Per Cani bekam Probleme damit und konnte nicht richtig durchatmen.

Seine Augen waren noch größer geworden und es schien, als würden sie jetzt hervorgequollen sein. Es sah so aus, als würden nur die Wimpern dafür sorgen, dass seine Augen nicht wie Bowlingkugeln auf die Erde stürzten, um sich dann endgültig in den Menschenmassen zu verlieren. Per Canis Zunge hing dabei trocken aus dem Maul. Er röchelte. Dann verflachte sein Atem. Plötzlich rollten seine verquollenen Augen in jede Richtung. Er bäumte sich. Wie ein wiehernder Hengst stand Per Cani auf seinen Hinterpfoten. Dann erschallte von ihm ein markerschütterndes Jaulen.

Per Cani brach auf einem großen Karton eines Konsumartikels von Camilla, welcher ganz oben auf dem Transportwagen lag, zusammen. Ein letztes Röcheln kam über seine Lippen und es wurde ruhig von seiner Seite her.

Innerlich erfroren starrte Pepe mit entsetztem Blick auf die Spitze des zugeladenen Wagens und sah Per Cani mit allen Vieren von sich gestreckt. Regungslos, fast niedlich, lag er einfach da, und seine Augen guckten einen Horizont an, den es hier nirgendwo gab. Ungläubig streckte

Pepe sich nach oben und ergriff ein Bein von Per Cani. Er zog das, was von Per Cani da war, zu sich herunter. Nahm ihn wie ein Baby in seine Arme und versuchte, die Situation fassbar einzuordnen. Pepe schluchzte.

Der Geschäftsführer kam an den Gütertransporter der geschockten Familie mit herangetreten. Was er vorfand war eine weinende Trauergesellschaft, die sich um einen regungslosen Hund sammelte, welcher in den Armen lag, liebevoll gebettet, vom Sippenführer. Geschäftsführer: »O Mann. Bitte entfernen Sie ihren toten Hund.« Camilla erreichte als erste Fassung von den jammernden Angehörigen und trat mit dem Geschäftsführer in Kommunikation. »Und was ist mit unseren Sachen? Wir wollen diese Dinge kaufen und mitnehmen. Sollen wir das jetzt aufgeben und gehen?«

Geschäftsführer: »Wir passen darauf auf. Möchten sie ein Behältnis haben? Für ihr gestorbenes Familienmitglied?«

Camilla: »Das ist sehr liebenswürdig.«

Der Geschäftsführer winkte einen Angestellten herbei und erklärte den Sachverhalt. Nach dem Gespräch verschwand der Angestellte wieder und ging in Richtung der versteckten Lagerräume. Er verschwand hinter einer Wand. Diese Wand wurde errichtet als große Blende, um die Kunden nicht im Kaufrauschverhalten zu irritieren.

Pepe fing sich wieder. Liebevoll wiegte er Per Cani in seinen Armen. Es machte den Eindruck, als wenn Per Cani friedlich bei Pepe einschlief. Sanftmütig schloss Camilla Per Canis Augen, denn sie drohten langsam auszutrocknen. Sie verteilte Trostküsse an ihre Familie, am meisten davon bekam Pepe. Romi-Ana und Paris summten ein Kinderschlaflied für Per Cani.

Der Angestellte kam zurück, mit einer großen Kiste aus Pappe, und stellte diese auf den Boden vor Pepe. Er setzte an, mit seinen Händen den großen Pappkarton so weit wie möglich aufzuklappen, und räumte die ganzen Schutzmaterialien raus. Pepe trug Per Cani bedächtig zum offenen und bereiten Karton, um ihn vorsichtig hineinzulegen. Per Cani wurde ein letztes Mal liebevoll und innig geküsst von Pepe. Nach dem Pepe es vollbracht hatte, nahm er die herum liegenden Schutzmaterialien in seine Hände, und stopfte diese in den Sarg. Es fühlte sich an, als schlösse sich endgültig ein Tor. Der Angestellte, welcher jetzt als Sekundant agierte, zückte seine Klebebandpistole aus dem Gürtel und verschloss damit professionell die letzte Ruhestätte.

Camilla organisierte den Abtransport. Der Geschäftsführer nahm sich des Warenwagens dieser trauenden Familie an und schob ihn in einen Vorführschuppen aus Metall für Gartenanlagen. Pepe ging voran und trug mit Camilla die jetzt umfunktionierte Kiste zum Auto. Die Kinder folgten ihnen stumm und bedächtig, mit gesenkten Köpfen, auf dem Weg dorthin. Camilla und Pepe wuchteten die Kiste auf den Dachgepäckträger. Danach suchte Pepe im Auto nach Seilen, womit er den Sarg von Per Cani sicher auf dem Dach verschnüren wollte. Pepe war gerade damit beschäftigt den Karton festzuzurren, als Camilla eine Bemerkung machte: »Typisch Per Cani. Er traf es mal wieder brillant.«

Pepe hörte mit dem Seilspannen auf und ging zu Camilla. Sie stand drei Meter schräg vom Kombi entfernt, mit verschränkten Armen und lächelte. Zusammen sahen sie sich aus der Distanz die große Kiste auf dem Auto an. Die Kinder spielten in der Zwischenzeit Seebestattung. Romi-Ana und Paris saßen dabei im Wagen und hörten nebenbei Schlumpfmusik aus der Autostereoanlage. Damit versuchten sie, das Erlebte zu verarbeiten. Camilla und Pepe fingen an zu gackern und zeigten witzelnd mit den Fingern auf den Sarg von Per Cani. Auf der Kiste konnte man die Abbildung eines großen Flachbildschirms sehen. Einer, der an die Wand als Bild gehangen werden konnte, so flach war er.

Mit der Weile hatten die Kids Abschied genommen und zusammen schlitterten sie nun alle langsam zu den Kassen zurück. Die Familie fing einmal mehr an, sich durch die Menschenmassen zu wühlen. Von den Eingangsschleusen, über den Rundweg durch den weiträumigen Supermarkt, bis hin zu den Kassenrampen. Der Geschäftsführer kam und gab ihnen ihren voll geparkten Warentransporter raus. Ihnen wurde eine gesonderte Möglichkeit eröffnet, ihre Waren zu bezahlen, damit sie sich nicht nochmal anstellen mussten in dieser schweren Stunde ihres Daseins. Es war dunkel geworden an diesem turbulenten Wintertag, als die Familie mit ihren Waren auf dem Einkaufsladewagen endlich über den weiten und vollen Parkplatz stapfte. Mit einigen Anstrengungen kamen sie ihrem Kombi näher.

Camilla: »Da stimmt was nicht. Vielleicht haben wir uns mit der Parkgasse unseres Wagens geirrt.«

Pepe guckte aus der Entfernung zum Auto. Camilla hatte recht. Da stimmte etwas nicht. Es handelte sich um den richtigen Kombi, Pepe schien sich sicher zu sein. Aber bei genauerem Hinsehen musste er feststellen, dass sich was verändert hatte. Die dicken Halterungsschnüre waren durchtrennt und hingen schlaff am Auto runter. Das Dachgepäckgerät war leer geräumt. Per Canis letzte Ruhestätte schien verschwunden aus dieser Welt. Der komplette Behälter fehlte.

Staunend starrten die Kinder und die Eltern fragend den Kombi an.

Per Cani 2

Dieser Marsch von den Protagonisten bewegte sich auf einen feuerroten Kombi zu, welcher vor einer großen, dunklen Hecke, in einer Parknische, weilte. Dort angekommen, wuchtete das Paar die Riesenkiste auf den Dachgepäckträger. Dann schloss der Mann den Wagen auf und die Kinder verschwanden im Innenraum. Der Mann fummelte mit Schnüren am Dachgepäck, als seine Frau ihn zu sich rief. Bei ihr angekommen unterhielten sich beide, dann fingen sie an zu lachen.

Jetzt erst bemerkte Luggi, was das Paar transportierte. Das war so ein ganz modernes Fernsehgerät. Damit konnte man eine Menge Geld machen auf dem Schwarzmarkt. Luggi rechnete mit dem sofortigen Verschwinden der Familie. Immerhin glaubte Luggi, dass das der Hit des Tages gewesen sein müsste für sie.

Plötzlich raffte sich die Familie jedoch auf. Der Wagen wurde wieder abgeschlossen und die Beteiligten gingen zurück zum Laden. Luggi konnte nicht glauben, was er da sah. Überall wuselten angestrengt konsumierende Junkies durch die Gegend. Niemand schien das gesehen zu haben, außer Luggi. Niemand bemerkte diese erhabene Kiste. Diese Riesenkiste zog ihn in ihren Bann.

Sie sprach mit ihm. Kiste: »Nimm mich … Du musst mich retten! Nur du kannst es. Hol mich und sei mein Freund.«

Tränen sickerten in seine Augenhöhlen. Wie konnte die Kiste nur so direkt auf sich aufmerksam machen? Luggi atmete schwer. Jana hätte sich sicher darüber gefreut. Mit dem Gewinn könnten sie dann endlich durchbrennen und einmal mehr von vorne anfangen. Er sah sich mit Jana an ihrer Lieblingslagune liegen und grenzenlose, entspannte, große Liebe machen. Und dann lachen, für immer.

Wieder schaute ihm diese Kiste mitten in seine Augen und schließlich passierte das Unglaubliche.

Kiste: »Greif jetzt zu! Genau jetzt ist der Moment gekommen! Worauf wartest du noch?«

Luggi schmiss sein Motorrad an und setzte sich langsam in Bewegung. Sein Gespann krauchte locker durch die Menschenmassen hindurch. Es bog in die richtige Parkgasse ein und kam bald vor dem feuerroten Kombi mit der sprechenden Kiste zum Stehen. Der Beiwagen stand genau zwischen dem erhabenen Kasten und Luggi.

Er versuchte, möglichst schnell seine Umgebung zu analysieren, und ihre Begebenheiten einzuordnen. Seine kalte Hand wanderte in die Innentasche seiner Kutte und zog ein Springmesser raus, welches gleich losging. Hier kam es. Und Luggi brachte das Messer in Aktion. Damit zerschnitt er die Halteschnüre dieser plaudernden Schachtel auf dem Dachgepäckträger und versuchte so, Befreiung zu überbringen. Nichts sprach dagegen, diesem gefesselten Karton beizustehen und ihm aus seiner prekären Situation zu helfen.

Die Stahlklinge durchtrennte sämtliche Halterungen und machte dabei ein zartes Geräusch, wie wenn man einen Pfirsich schält. Die Halterungsschnüre verabschiedeten sich freundlich, eine nach der anderen, und sausten unspektakulär zu Boden. Nach der Schneideaktion machte sich Luggi auf und fing an, die Kiste von der Dachbrücke herunter zu hebeln. Er wuchtete den großen Kasten auf seinen Beiwagen und musste feststellen, dass der Sozius kleiner war als erhofft. Halbwegs ließ sich das Pappungetüm auf dem kleinen Beiwagen zurecht würfeln und da war noch ein Gummispanner, den Luggi immer mit sich führte. Sein Unternehmen gewann an Vertrauen. Die Kiste lag nicht fest auf dem Sozius, aber relativ gespannt.

Luggi: »So könnte es gehen.«

Liebevoll tätschelte er den festgerödelten Karton neben sich und schwang sich dann auf sein Motorrad.

Der Abend kam früh und die Straßenlichter harmonierten wunderschön mit den Beleuchtungen des Elektrosupermarktes. Schweißnass startete Luggi seinen Ofen und setzte sich damit in Bewegung. Langsam entfernte sich blubbernd sein Gespann vom Parkplatz. Er konnte die Einfahrt sehen, welche jetzt seine Ausfahrt wurde. Sie war noch zwanzig Meter weg von ihm. Selbst die hereinbrechende Dunkelheit schien auf seiner Seite zu stehen. Alles wuselte und gab ihm dennoch den Eindruck, als wäre er hier ganz allein. Sein Körper entspannte sich und er fror. Aber das ließ sich wegstecken. Immerhin musste man so etwas ertragen können als Motorradfahrer. Liebliche Gedanken schlichen sich ein und er entwarf Pläne, was Jana und er alles machen könnten. Jana krönt ihn zum Helden erster Klasse und verführt zu hemmungsloser Liebe.

Ein Polizist baute sich plötzlich vor seinem Lenker auf. Der guckte, erschrocken und überrascht, in Luggis Augen. Ging alles schnell. Selbst Luggi konnte nicht reagieren. Geschweige denn, ein Bremsmanöver einleiten. Der Polizist erschien einfach aus dem Nichts. Urplötzlich. Mit großen Augen glotzte er Luggi an. Der erwartete Zusammenstoß blieb aus. Die Szenerie löste sich durch blitzschnelles Reagieren des Polizisten. Mit einem gekonnten Radschlag drehte sich der Polizist Luggi entgegen, aber an ihm vorbei und landete in einem hohen Schneematschhaufen, welcher am Parkplatzrand aufgehäuft lag.

Anscheinend lief die Rettungsaktion für den sprechenden, großen Kasten gut. Entbrannt von dem Ereignis mit dem Polizisten, löste sich Luggis Starre. Er drehte am Gashebel. Er wollte nun bloß weg. Schlitternd gelang es seinem Vehikel, auf die Straße zu kommen. Und so ging es weiter. Das Gas wurde voll aufgedreht und die Auspuffrohre donnerten durch die Gegend. Langsam nahm er Fahrt auf. Auf dem Parkplatz versuchten Kollegen des Polizisten, sich schnell durch die Massen zu bewegen, denn sie wollten ihm zur Hilfe eilen. Irgendeiner schaltete das Blaulicht ein von einem geparkten Polizeifahrzeug. In der Straße vor Luggi baute sich ein Autostau auf. Anscheinend musste es einen Verkehrsunfall zuvor gegeben haben. Da standen Autos mitten auf der Straße und viele, nicht alle, erleuchteten mit ihren roten Rücklichtern den Straßenuntergrund. Luggi wollte jetzt nicht von seiner endlich aufgenommenen Geschwindigkeit runter kommen. Deswegen steuerte er das schlitternde Gespann auf den schmalen Radfahrweg neben die auf der Straße stehenden Autos. Mit solchen kopflosen Aktionen kam er besonders gut klar in seinem Leben. Nichts anderes hatte ihn besonders gemacht.

Sein Gespann rauschte mit großem Erfolg an den wartenden Autos vorbei. Hinter ihm lag der Stau und verhielt sich unverändert. Das bedeutete, die Polizei kam nicht durch und stand darin, mit ihren Sirenen und Lichtern. Nichts schien sich zu bewegen. Als Luggi es bemerkte, löste sich ein Freudenschrei aus seiner vereisten Kehle. Klang wie ein übertriebenes Glücksschreien oder lautes Johlen. Er ballte eine Hand zu einer Faust und steckte sie gen Himmel. Sein Herz wackelte vor Seligkeit in seiner Brust. Am liebsten hätte Luggi getanzt auf seinem Motorrad.

Dabei verriss er den Lenker seines Gespanns. Zu spät bemerkte Luggi, dass die Straße ihn auf eine gefrorene Brücke geführt hatte. Spiegelblank erwies sich der Untergrund, unter seinem Motorrad. Er konnte nicht mehr surfen, noch manövrieren. Der Radweg lag hier auf dem Bürgersteig und nicht mehr auf der Straße. Nirgendwo ließ sich Streugut ausmachen oder Streusalz vermuten. Wenigstens war gerade kein Publikumsverkehr auf der Brücke und Luggi hatte sie für sich alleine.

Der Lenker verriss immer mehr bei dem Versuch, wieder auf die Straße zu kommen. Dabei drehte sein Gespann und trudelte mit wachsender Geschwindigkeit um sich selbst herum. Wie so ein Karussell. Um Luggi drehte sich alles im Kreis, immer schneller, und ihm fiel dabei auf, dass sein Magen heute noch nichts erhalten hatte. Ihm wurde bei solchen ruckartigen Rotationen auf nüchternem Magen schlecht zu Mute. Genauso verhielt es sich auch jetzt in dieser Situation mit ihm. Luggi fing an zu würgen. Natürlich hoffte er inbrünstig, da er ja abhauen musste, dass es schnell vorbei gehen würde. Da war jetzt keine Zeit dafür, aber sein Magen hatte anscheinend eine andere Auffassung. Luggis Muskelspannungen ließen nach und er sackte auf dem Motorrad in sich zusammen. So eilig, wie sich das ganze Theater auf der Brücke abspielte, genauso geschwind kam es zum Halten. Hart schlug sein Gespann in der Mitte der Brücke an das Geländer. Der Beiwagen schlug ein. Das ganze Gerät, auf dem Luggi saß, wurde erschüttert. So heftig, dass es Luggi in einem hohen Bogen vom Motorradsattel abwarf, als sei er ein Geschoss.

Noch in der Luft, als Luggi seine Flugbahn absolvierte, konnte sein Magen nicht mehr bei sich halten. Da war zu viel Magensäure. Er erbrach in der Luft alles aus dem Mageninneren raus. Wie ein Stein schlug er auf dem vereisten Asphalt auf und seine Karussellfahrt drehte sich darauf aus.

Benommen, nach einem vergangenen Weilchen, suchten seine Augen zittrig nach dem verunglückten Motorradgespann. Plötzlich ging die Straßenbeleuchtung aus. Es gingen auch die Lichter in den umstehenden Häusern aus. Unter der Brücke sprühte eine gewaltige Funkenfontäne empor und schoss dem Himmel entgegen. Grelles Licht ergab sich und glühende Teilchen ergossen sich auf Luggi. Einen Zug hörten seine Ohren unter der Brücke zum Halt kommen.

War das Motorrad noch intakt? Der Beiwagen sah sehr zertrümmert aus. Wo ging die gerettete, sprechende Riesenkiste hin? Sie war verschwunden. Vielleicht ging sie über das Geländer und suchte das Weite? Für all die Umstände hatte Luggi keine Zeit. Er konnte jetzt wirklich keine weiteren Fragen stellen oder beantworten. Luggi wollte raus aus dem Zustand. Die Dinge hatten sich zu einem Albtraum gestaltet für ihn.

Er wankte zum Unglücksgeschehen hin und versuchte, in der Dunkelheit zu erkennen, was sich unter der Brücke befand. Er hielt sich schwer an dem Geländer fest und guckte runter. Auf den Gleisen stand ein Personenzug. In den Wagons glimmte Notbeleuchtung und das war es. Wenigstens ein bisschen Licht sickerte durch nach oben, so dass er sein Motorrad zusammensuchen konnte und es weg vom Geländer schaffte. Jetzt gab es keine Straßenbeleuchtung mehr.

Seine Übelkeit wollte nicht weichen und nach wie vor verhielt es sich schlecht in der Magengegend. Ungläubig guckte Luggi sein Motorrad an. Wo war er jetzt? In einem Traum mit ungutem Ausgang? Egal. Luggi wollte raus und die sprechende Kiste konnte ihn gerne haben. Dieses Abenteuer hatte einen merkwürdigen Abschluss gefunden. Luggi wollte nicht darüber nachdenken. Was er Jana erzählen wird, konnte er sich nicht denken. Vielleicht hatte wenigstens sie was zu lachen.

Per Cani 3

Nach dem dramatischen Verschwinden von Per Cani hing Pepe motivationslos im Bett. Eine düstere Stimmung hatte sich längst breitgemacht im Schlafzimmer. Pepe betrachtete im Fernseher Bilder von seinem besten Freund Per Cani. Er konnte nicht anders. Musikalisch wurden seine Gefühle durch Klänge untermalt und dabei ließ Pepe von Zeit zu Zeit einen Seufzer los. Die Jalousien des Zimmers standen auf Halbmast.

Camilla: »Steh doch auf. Damit machst du es nicht besser.«

Laut rief sie ihre Worte durch die Wohnung und hoffte, Pepe zu erreichen. Sie selbst hing im großen Zimmer auf einer Couch ab und streckte sich darauf aus, während der Fernseher vor sich hin plauderte.

Camilla verstand nichts von dem, was Pepe von sich gab. Also machte sie sich auf, ihren Mann in seiner Trauer zu besuchen. Da angekommen, geschmeidig, wie eine Katze, tatzte sie sich langsam auf das Bett. Überschritt Per Canis Lieblingskekse. Pepes Arme durchstreifend landete sie schließlich mit ihren Brüsten auf seinem Oberkörper. Sie umschloss sein Gesicht mit ihren Händen. Beide guckten sich intensiv und fragend in ihre Augen und versuchten, aus diesem wortlosen Dialog schlau zu werden miteinander.

Das Schafzimmertelefon klingelte. Die beiden Kinder Romi-Ana und Paris kamen aus ihren Zimmern gespurtet, in das Schlafzimmer der Eltern. Dafür hatten sie einen siebten Sinn. Immer, wenn was los ging oder sich anbahnte, dann standen sie schon wie eine Eins dabei. Camilla nahm den Hörer des Telefons. Könnte möglich sein, dass ihre Mutter unbedingt mit ihr reden muss.

Camilla: »Ja ... Hallo?«

Operator: »Gepäckservice, vom Münchner Hauptbahnhof. Münch mein Name. Spreche ich mit der Familie Caruso?«

Camilla: »Jaaa ... Warum?«

Operator: »Es geht um einen aufgefundenen Hund.«

Camilla, leise flüsternd: »Es geht um einen aufgefundenen Hund? Was haben wir damit zu tun?«

Operator: »Ja ... Also ... Es verhält sich so. Ich rufe sie an, weil vor vier Tagen wurde ein Hund abgegeben. Absolut verstört und verängstigt. Dieser besitzt ein Halsband mit ihrer Telefonnummer eingraviert.«

Camilla: »Ein Hund, in München, mit unserer Nummer ... Aha. Haben sie sich verwählt?«

Operator: »Nein ... weiß ich nicht. Es mag sich ungewöhnlich gestalten, aber wo hätte ich sonst ihren Familiennamen her?«

Camilla: »München ist eine ganze Ecke weg. Wie kommen sie zu einem Hund, mit unserem Namen?«

Operator: »Nur vom Erzählen. Beim Rangieren eines Wagons fiel ein Karton, ein ziemlich großer Karton, auf die Gleise ...«

Camilla: »Entschuldigen sie, ich frage noch einmal. Was haben wir damit zu tun? Was wollen sie mir eigentlich sagen?«

Pepe griff nach dem Telefonhörer, aber Camilla wehrte sich. Sie wälzte umher im Bett und eroberte den Hörer zurück. Die Kinder wohnten der Szene erstaunt bei. So hatten sie ihre Eltern zusammen noch nicht erlebt.

Operator: »Nur vom Erzählen. Diese Kiste fing an zu bellen ... Und statt einem modernen Fernsehgerät war ein aufgewühlter Hund drin. Mit den Nerven am Ende. So wurde mir berichtet.«

Camilla: »Sie wollen mir erzählen, dass ein Hund aus einem Karton geklettert kam. In Bayern?«

Operator: »Ja ... Und dieser trägt ein Halsband, mit ihrer Telefonnummer und mit ihrem Namen.«

Camilla: »Hm. Was soll ich dazu sagen?«

Wieder griffen die Hände von Pepe nach dem Telefonhörer. Er überwältigte Camilla. Keilte sie ein. Nahm sich den Hörer. Die Kinder machten große Augen dazu. Mehr fiel ihnen nicht ein.

Pepe: »Pepe Caruso. Mit wem habe ich das Vergnügen?«

Operator: »Frau Emilia Münch ist mein Name und ich rufe sie an im Auftrag des Gepäckservices vom Münchner Hauptbahnhof.«

Pepe: »Worum geht es eigentlich?«

Camilla: »Das hat sie doch schon lange erzählt! Da ist ein Hund vor die Gleise gesprungen mit unserer Telefonnummer.«

Pepe: »Hm ... Ein Hund ... Es geht um einen Hund ... Was ist denn mit dem Hund?«

Operator: »Na ja ... sieht so aus, als würde es sich um ihren Hund handeln.«

Pepe: »Wie sollte, wenn es sich um unseren Hund handeln würde, unser Hund nach München kommen?«

Operator: »Wie kommt ein Hund in den Karton eines Fernsehers?« Den Gedanken, sich den Hörer wieder zu erkämpfen, verwarf Camilla. Stattdessen legte sie ihr Ohr mit an die Hörmuschel.

Pepe: »Man antwortet auf eine Frage nicht mit einer Gegenfrage.«

Camilla: »PEEPE!« Entschlossen nahm sich Camilla den Hörer zurück.

Camilla: »Wir dachten, er ist gestorben. An einer Herzattacke. Was hätten wir denn machen sollen?«

Operator: »Hm ... und dann schicken sie ihn auf Reisen?« Camilla: »Wir haben ihn nicht auf Reisen geschickt. Er wurde uns gestohlen!«

Operator: »Hm, verpackt in einer Riesenkiste?« Pepe nahm sich den Hörer: »Nehmen wir nur mal an, es könnte sich um unseren Hund handeln.«

Camilla nahm sich den Hörer zurück. Die Kinder gaben es auf, dieser Sache zu folgen, und gingen kopfschüttelnd in das große Zimmer und zum Fernseher.

Camilla: »Hören sie ... Wenn sie wirklich der Meinung sind, es handelt sich um unseren Hund, dann verlange ich von ihnen, dass sie mir seinen Namen sagen. Seinen vollen Namen.«

Operator: »Sie meinen den Namen neben der Telefonnummer vom Halsband?«

Camilla: »Ja.«

Operator: »Pedro Caruso.«

Camilla: »Es handelt sich tatsächlich um unseren Hund.«

Pepe nahm den Hörer von Camilla entgegen. Voller Gedanken erhob sich Camilla langsam vom Bett und entfernte sich. Mit einem abwesenden Blick ging sie in die Küche. Sie brauchte jetzt Schokolade.

Romi-Ana und Paris guckten Kinderprogramm im Fernsehen und debattierten dabei die Möglichkeit, dass Per Cani von den Toten auferstanden sei. Wollte er zurückkommen, weil er Heimweh hatte? Wollte er aus der Supermarktsituation rauskommen und hatte deshalb dieses Spektakel veranstaltet? Vielleicht wollte er auch nach Bayern, weil er schon immer mal die Berge sehen wollte?

Camilla ging zu den Kindern und verteilte Schokolade. Glücklich suchte Pepe nach seiner Familie. Er fand sie im großen Zimmer. Freudestrahlend erzählte er ihnen von dem Wunder und Per Cani. Dann ermunterte Pepe fröhlich seine Leute, ihre Sachen zu packen. Es ging jetzt nach München, Per Cani abholen.

Pipito

Diese Sommernacht hatte es in sich: Ein kalter Wind fegte durch alle Baumblätter des Waldes von Pipitos Heimat. Mit wachsender Begeisterung wuchs der Wind zum Sturm an. Er rüttelte, polterte an den Zweigen und Stämmen als wollte etwas in ihm die gewohnte Aussicht umstülpen.

Langsam setzte Regen ein, verbunden mit Donnergrollen und Blitzen. Dazu gesellte sich noch Hagel. Es regnete und hagelte, vom momentan schwarzen Himmelsgewölbe herunter und der eisige Wind peitschte mit lachendem Jaulen den Frost in jede kleine Ecke der beherrschten Umgebung. Pipito lag in seinem Nest. Der Tag war lang und anstrengend gewesen für ihn und er wollte eigentlich nur Entspannung haben und keinen Stress. Mit eisernem Willen mussten sich seine zarten Greifer in dem Nestboden verkrallen und festhalten. Angespannt kniff Pipito seine Augen zusammen. Der Sturm wirbelte seine Behausung herum um seinen Hausbaum und die ganze Zeit schrie und pfiff es überall. Mit dem andauernden Krach und dieser Katastrophe, die sich anscheinend Pipito bot, konnte man nicht handeln. Er konnte auf Dauer das Ganze nicht länger ertragen, und in ihm tauchte der Wunsch auf auszuwandern.

Pipito: »Morgen wandere ich aus, jawohl!«

Wie ging er nur mit dieser Situation um? Ignoranz. In so einem Fall hilft Ignoranz. *Wenn man nicht mit den gegebenen Umständen klarkommen kann, dann muss ignoriert werden.*

Nasser Hagel fing an, sich in seinem Nest breitzumachen, und stapelte auf allen Flächen. Am liebsten, so schien es Pipito, auf seinem Rücken. Er versuchte, sich zu konzentrieren in seiner Ignoranz und dachte dabei an bessere Zeiten. Momente, voll von Zuversicht und Vertrauen in die Gegenwart mit soliden Wohnverhältnissen. Vor einiger Zeit war es anders gewesen. Das Wetter strahlte und die Nächte gestalteten sich stumm dahin. Die Temperaturen waren erträglich in all der Zeit und das Leben konstruierte einfache Szenen. Damit konnte gut umgegangen werden. Als er durch den Himmel surren und Lieder dabei trällern konnte, weil es ihm richtig wohl ging dabei. Die Sonne lachte ihn an und selbst die Luft kam seidig entgegen.

Seine schönen Gedanken konnten nicht verhindern, dass sich der Boden vom Nest erweichte wegen tauendem Hagel auf seinem Rücken. Das Tauwasser wurde ausgelöst durch seine Körpertemperatur und tropft von ihm herab auf den Nestboden. Pipito äußerte sich machtlos dagegen.

Die Greifer von ihm fingen an, langsam durch die verflochtenen Äste des Bodens zu rutschen. Das ganze Nest schaukelte dabei hin und her und wurde dabei gedehnt und streckte sich auf das Äußerste. Der Wind peitschte. Pipito bereute es sehr, nicht daran gedacht zu haben, sein Nest mit Ausbesserungsarbeiten stabiler hergerichtet erscheinen zu lassen. Das Nest löste sich kontinuierlich stückweise auf. Ehemals geflochtene Äste verabschiedeten sich mit der Zeit und sausten getrieben in der Luft weg.

Die Hagelmasse hatte ihn endlich begraben. In seinem Nest benahmen sich die Hagelkörner, als ob sie Eiswürfel seien. Der Rücken von Pipito fühlte sich klatschnass an und musste mit dem Gewicht des Hagels umgehen. Irgendwann spürte er die Kälte nicht mehr. Eigentlich mummelte ihn der Hagel gut ein, wenn da nicht Sturm alles zum Erbeben gebracht hätte. Das Ganze wuchs zu einem unkontrollierten Geschehen an. Kreischen und Knacken toste um seinen Kopf herum und seine Ohren ballerten wie Glocken. Gelähmt von den Eindrücken versuchte sich Pipito in Hoffnung. Innen drin aufrecht zu stehen und wenigstens jetzt in dieser schweren Minute sich noch ein Lächeln abzuringen. Pipito wusste, dass es viele Möglichkeiten gab, dem ultimativen Nichts in die Augen zu blicken. Warum nicht mit einem Lächeln? Und dabei eine entspannte Haltung einnehmen? Das Unabänderliche lässt sich sowieso nicht beschwatzen und überreden. Mehr Spaß machte ihm, Widerstand aus Trotz entgegen zu schleudern in aussichtslosen Momenten, und der ganzen Welt zeigen, wie stark er ist.

Ganz tief in ihm gab es natürlich kein Nichts als Nichts. Er musste an was glauben, wie jedes Lebewesen.

Aber wichtiger erschien ihm jetzt, zu leben. Was danach kommt, kommt dann und lässt immer noch genug Zeit übrig, um darüber nachzudenken.

Ganze Zweigbüschel rasten an ihm vorbei. Manche Büschel schrammten und rissen dabei an seinem wabbelnden Nest. Das Nest schien schon lange keinen Widerstand mehr in sich zu haben.

Mit einem zehrenden Schallen löste sich das Nest von dem verankerten Ast ab und sprühte ab in die Dunkelheit. Es flutschte samt Inhalt durch die Luft. Auf einmal wurde Pipito seine ganze Habe los. Alles schwirrte von ihm weg.

Pipito: »Das war's!«

Er segelte geschwind und schleuderte im dunklen Raum umher. Automatisch öffneten sich seine Flügel und Pipito versuchte, in dem anspannenden Durcheinander Kontrolle zu erfliegen in seiner Panik. Brausend zog er durch die Nacht. Wirbelnd verstand Pipito, dass er keinen Einfluss nehmen konnte. Er schoss auf ein beackertes Feld zu. Hart purzelte Pipito in eine Erdfurche und kam, nachdem er sich ausgekugelt hatte, endlich zum Anhalten.

Nach einem benommenen Weilchen kamen seine Sinne zu ihm zurück. Er spürte den nassen Sand unter sich. Schwer lagen seine Glieder auf einem klebrigen, kalten Untergrund. Seine Augen suchten nach Licht in der Finsternis. Damit hätte er die Umgebung einschätzen können. Aber da war im Hintergrund nur ein Fensterschein zu erblicken gewesen. Pipito versuchte zu erahnen, wie weit dieses Licht von ihm entfernt lag. Ihm dämmerte seine Situation. Er lag in einem Acker und ein anliegender Hof befand sich in etwa 200 bis 300 Meter weg von seinem Ort. Die Kälte fing an, sich in seinen Körper hinein zu fressen. Langsam, aber bestimmt kroch sie an seinen Gliedern hoch und pirschte zu seinem Herzen. Zusammengekauert robbte er auf der blanken Erde hin und her. Sein Körper zitterte und klapperte vor Kälte.

Eine Kuh lief gemütlich an ihm vorbei und ging in Richtung jenes Gehöfts. Sie wurde aufmerksam und vernahm ein klägliches Schnabelgeklapper auf dem Boden in ihrer Nähe. Ihre Augen suchten in der Nacht nach der Ursache von dem Geräusch. Sie erblickte den kleinen Pieper am Rand des Feldes und bekam Mitleid mit der armen Kreatur. Die Kuh stampfte vorsichtig über den kleinen zitternden Vogel rüber und hob ihren Schwanz. Dann ließ sie einen großen Haufen auf ihn nieder sausen.

Zuerst begann Pipito damit, zu kämpfen. Das geschah unerwartet. Eben noch fror sein ganzer Körper und seine Glieder versteiften dabei. Im nächsten Augenblick wurde er unter einem wohlig warmen Kuhfladen begraben. Als sein Schnabel durch die Oberfläche des warmen Haufens stach, konnte er endlich wieder atmen.

Pipito saß inmitten eines wärmenden Fladens. Es spendete ihm Wärme, und diese gab ihm Kraft, die er bitter nötig hatte, nach seinen Erlebnissen mit dem Unwetter. Von der Belebung angetrieben fing er an, lauthals zu zwitschern vor Freude. Die schönsten Lieder zwitscherte Pipito der Kuh aus Dankbarkeit entgegen. Die Kuh, seine barmherzige Gönnerin, guckte sanft zu ihm runter und erwiderte die Freude des Piepers.

Kuh: »Kleiner Freund. *Nicht jeder, der auf einen kackt, ist ein Feind.*« Zufrieden drehte sich die Kuh um und ging ruhig in Richtung des Gehöfts weg. Pipito piepste ihr hinterher. Er machte es sich jetzt richtig bequem in diesem Pool der umschließenden Wärme. Seine Glieder entspannten sich immer besser und seinem Gefühl nach ging es ihm richtig gut. Die stürmischen Verhältnisse hatten sich anscheinend beruhigt. Jedenfalls kam es ihm so vor. Das Wetter milderte sich ab.

Aus der Dunkelheit näherte sich ein Fuchs an. Dieser Fuchs kam ganz auf Samtsohlen angeschlichen, und rückte Pipito auf Tuchfühlung nahe. Er fokussierte den Pieper im Fladen. Der Fuchs schnüffelte am Singvogel und nach einer Weile befand er ihn gut zum Aufessen. Pipito konnte den Moment nicht einschätzen. So eine Situation war bisher noch nie gegeben für ihn. Erstaunt bemerkte er seine passive Haltung darin und ließ den Fuchs gewähren. Der Fuchs kam ganz nahe an Pipitos Gesicht heran und schaute ihm in seine Augen. Nach einem Weilchen mussten beide grinsen. Der Moment schien für beide zu grotesk. Mit glücklichen Augen blickte der Fuchs. Geifer lief ihm aus den Mundwinkeln.

Fuchs: »Du bist aber ein interessanter Vogel, ein ganz interessanter und schöner dazu, lass mich dir helfen aus dem Dreck zu kommen.«

Pipito konnte es nicht fassen, dass ausgerechnet er in so eine prekäre Lage geraten war. Hätte er doch nur seinen Schnabel gehalten und seine Gefühle für sich behalten. Er wollte nun mal allen Kunde bereiten, über sein Glück im Unglück. Er schwor sich jedoch, so etwas nie wieder zu tun.

Der Fuchs zog Pipito aus dem dampfenden Fladen raus und nahm ihn an sich. Dann setzte er sich in Bewegung und ging mit dem Pieper zu einer Wasserlache, welche sich in einer Erdfurche vom beackerten Feld befand. Sorgfältig wusch der Fuchs den kleinen Vogel von oben bis unten ab. Penibel wurde Pipito anschließend an allen Stellen untersucht von ihm. Das Wasser war kalt und nicht nur das. Pipito fühlte sich unangenehm vom Fuchs berührt. In ihm stieg Scham auf. Nach dieser ominösen Waschung hielt diese Kreatur den Singvogel zwischen beiden Pranken hoch über sein Maul. Die Augen vom Fuchs fingen an, lustvoll weit geöffnet vor sich hin zu rollen. Pipito wurde langsam in das Maul eingeführt. Die Zunge hing erregt aus dem Maul.

Pipito: »*Nicht jeder, der einen aus der Kacke zieht, ist ein Freund.*«

Und dann hackte Pipito, so fest er konnte, mehrmals in die Zunge vom Fuchs. Blut vom Fuchs sprudelte ihm entgegen. Aber das war ihm egal. Er befand sich jetzt in einem aggressiven Stadium seiner selbst und er konnte dabei nicht anhalten. Er musste immer weiter auf die Zunge einhacken und, es sah so aus, als könne er nicht aufhören damit.

Mit verzerrtem Reflex spuckte der Fuchs Pipito aus seinem Maul raus. Anscheinend konnte er nicht fassen, wie ihm geschah. So etwas gab es bis jetzt noch nicht in seinem Leben. Wie konnte so etwas nur sein? Egal. Zum Nachdenken blieb keine Zeit. Aus voller gekränkter Seele schrie der Fuchs auf. Jetzt spürte er den einsetzenden Schmerz. Dieser kroch durch seinen gesamten Rachen und fühlte sich so massiv an, dass es seinen ganzen Körper lähmte. Jaulend fiel der Fuchs auf seine Seite um, auf die nasse Erde und jammerte vor sich her. Das Blut sabberte aus seinem jetzt geschlossenen Maul raus.

Befreit flog Pipito in Richtung der Sterne. Über ihm waren jene das einzige Licht im Augenblick. Er surrte in den freien Raum. Von oben hielten seine Augen Ausschau nach dem erleuchteten Fenster, welches ihm aufgefallen war, bevor er von diesem Scheusal attackiert wurde. Endlich sah Pipito es und setzte zum Gleitflug an. Von hier oben schauten die Dinge unberührt und unbelastet aus.

Diese Erkenntnis verhalf Pipito sich zu beruhigen, und die vor kurzem gemachten jüngsten Erfahrungen konnten problemlos verdrängt werden. Dieses Gehöft, oder besser dieser Bauernhof, war von langer Zeit her ihm wohlbekannt. Pipito hatte dort Freunde gefunden und gelernt, mit anderen zu leben und zu teilen. Schon einige Male hatte er mit den Hühnern zusammen gesessen, Körner gepickt und über die Welt, so wie sie es kannten, philosophiert. Das anwohnende, besser das einsitzende, kurzlebige Federvolk, besaß immer gute Laune und Pipito mochte ihre Gegenwart. Im Gegenzug liebten sie seine Erzählungen und Geschichten, die von außerhalb ihrer Welt kamen und die Pipito so gut von sich gab. Hier konnte er seine innigste Familie finden.

Langsam setzte der Singvogel auf dem Rand des Futtereimers der Hühner zur Landung an. Die Hühner waren alle im Schuppen eingesperrt, aber er konnte ihre Stimmen durch das Holz hören. Der Hof sah verwüstet aus vom Unwetter. Der Wachhund lief munter an ihm vorbei und grüßte.

Wachhund: »Hey mein Freund, war das 'ne Sache? Hier sauste alles durch die Luft, als handelte es sich um Stofffetzen.«

Pipito: »Hör auf ... ich habe dabei meine Residenz verloren. Sonst ... alles in Ordnung?«

Wachhund: »Danke, wie gehabt. Wenn du die Hühner besuchen möchtest, dann geh durch das Dach. Da fehlen jetzt ein paar Ziegel.« Dann machte sich der Hund schnell auf, um einen Waschbären zu verjagen.

Pipito schwang sich auf. Er wollte auf eine Familie nicht verzichten. Im Schuppen guckte er nach seiner besten Freundin Ursula. Pipito hoffte inständig, dass sie noch unter den lebenden Hühnern weilte.

Ursula: »Lange nichts mehr von dir gehört, Pipito. Geschweige denn, von dir gesehen.«

»Oh, Ursula ... Du ... Ich vermisste dich ... Guten Abend allerseits. Schaurige Kunde will ich euch geben. Gewährt mir Abendessen und ich will euch von da draußen erzählen.«

Alle: »Es sei dir gewährt. Nimm dir.«

Die Futterkörner der Hühner lagen verstreut auf dem Boden vom Schuppen. Pipito nahm sich, so viel er konnte, und aß sich daran erst mal richtig satt. Danach flatterte er in den Kreis der wartenden Hühner und gesellte sich zu seiner Freundin Ursula. Pipito erzählte den wissbegierigen Hühnern eine Geschichte, die er selbst erlebt hatte, von einem Ziervogel, der extrem gelangweilt war und von seinen Nerven her sich sehr überspannt gebärdete. Sein Name lautete Ceci.

Ceci langweilte sich von Tag zu Tag und er saß oft genervt auf seiner Stange in seinem Vogelkäfig, um mal wieder pappige Vogelkörner aus dem Napf zu zerbröseln. Flusen wurden mit Absicht über Bord vom Vogelkäfig gekippt. Das war Cecis Art, sich für seine Langeweile zu rächen. Manchmal, wenn er gute Laune hatte, flog er durch das Zimmer mit den Flusen im Schnabel. Zog seinen Kreis und verteilte die Flusen in alle Ecken des Raumes. Dabei achtete er darauf, dass auch gründlich gleichmäßig verteilt wurde. Ceci versuchte stets, gewissenhaft zu sein.

Eines Tages passierte was Komisches in seinem Leben. Die Gardinen seines Zimmers, lichtundurchlässige, schwere Gardinen, die vor der Blumenbank am großen Fenster hingen, wurden abgenommen. Nicht, dass das was Besonderes darstellte. Ceci erlebte so etwas nicht zum ersten Mal in seinem Zimmer. Aber dieses Mal hatte seine Futtergeberin vergessen, seine Käfigtür zu verriegeln. Mit einem gekonnten Hack seines Schnabels öffnete Ceci seine Pforte. Vor ihm breitete sich das große Panoramafenster aus und er sah die Natur mit all ihren bunten Farben, mit dem blauen Himmel darüber. Der blaue Himmel. Ein Garant für absolute Freiheit und grenzenlose Freizügigkeit.

Ceci taumelte vor Glückstrunkenheit auf das Dach seines Käfigs und seine Augen quollen über vor Freude. Er überlegte hart, was er alles aufgeben wollte hier in diesem trostlosen Zimmer. Richtig, er bekam immer regelmäßig zu essen. Auch wurde er zwei bis dreimal im Jahr zum Arzt gebracht. Aber letztendlich war das kein Leben, sondern Dahinvegetieren, ohne Höhen und Tiefen. Um sich mit der ungewohnten Situation vertraut zu machen, sprang Ceci in die Luft und legte einen Senkrechtstart hin. Dann flog er im Zimmer immer wieder ein und denselben Kreis ab. Ceci dachte hart nach dabei, aber wenn er am großen Fenster vorbei segelte, dann durchflutete ihn ein solches Glücksgefühl, dass er am liebsten gleich Reißaus genommen hätte.

Endlich bekam er genug Mut zusammen und jetzt wollte er es wagen. Ceci startete von ganz hinten im Zimmer durch, um richtigen Schwung zu bekommen für seine Freiheit. Mit dem richtigen Anlauf würde Ceci durchbrennen. Pipito hatte diese Tragödie von draußen beobachtet, als er gerade auf einem Ast saß.

Pipito in Gedanken: »Oh, Ceci ...«

Ein gigantischer Knall, verbunden mit einer Erschütterung, ließ die Panoramascheibe erzittern. Ceci schmierte an der Panoramaglasscheibe ab und landete genau zwischen zwei blühenden Kakteen, welche auf der Fensterbank standen, inmitten der anderen grünen Gewächse. Seine Aufpasserin ließ sich nirgends blicken, obwohl es heftig gescheppert hatte. Selbst dieser laute Bumm, isoliert betrachtet von Cecis Aufprall, führte nicht dazu, dass sie kam und nachguckte, was denn los sei. Im Nachhinein betrübte dieses unbekümmerte Verhalten seitens seiner lieben Futtergeberin Ceci sehr. Starr hing seine Gestalt zwischen den Kakteenstacheln und es brauchte Zeit, bis er Kontakt fand zu seinen von sich gestreckten, kalten Flügeln. Starr und erkaltet stellte sich auch sein Blick dar. Pipito, der das ganze Schauspiel von draußen mit angesehen hatte, schüttelte entschlossen seinen Kopf.

Was für ein Abgang!

Pipito in Gedanken: »Dieser arme Ceci ... Das war's. Bewundernswert!«

Lauthals gackerten viele Hühner auf, als Pipito in seiner Geschichte zu dieser Wendung kam. Andere Hühner sahen betroffen vor sich her und grübelten nach über Cecis Schicksal.

Nach einem Weilchen bewegten sich die Augen von Ceci wieder und er fing an, benommen mit seinem Kopf zu nicken. Danach zappelten angespannt seine Flügelfedern. Ceci sammelte sich und versuchte, an seiner Umgebung Orientierung zu erlangen. Er faltete seine Flügel zusammen und versuchte, sich auf seine Fußkrallen zu stellen. Was nicht einfach war, da er ja genau zwischen zwei Kakteentöpfen lag. Noch einmal, ein Weilchen später, hatte Ceci sich soweit im Griff, dass er mit einem mühevollen Senkrechtstart ohne hoch zu springen aus dem Kakteenanwesen raus kam und alleine zurück zu seinem Käfig fliegen konnte. Er flog gleich zum Eingang seines Käfigs. Dort angekommen setzte er sich auf seine Stange und plusterte sich auf. Ceci wollte jetzt für sich sein und er machte den Eindruck, als wollte er nicht seine Futtergeberin so bald wieder sehen.

Eine Weile verging und seine Futtergeberin kam mit den gewaschenen Gardinen in das Zimmer. Schwer legte sie diese auf das Sofa und selber setzte sie sich danach auf den Sessel. Ihr fiel auf, dass der Käfig von Ceci offen war.

Sie stand nicht auf, sondern redete auf den in sich ge-
kehrten Vogel Ceci ein.

Fliege weißer Vogel – gleite

Zeige dich – schwebe

Gib uns dein Bild für Frieden und Freiheit

Glanz – dein Glanz erhelle unsere Dunkelheit und Angst

Erhelle diese Welt von ihrer Finsternis

Du hast unser aller Vertrauen

Fliege Vogel, fliege durch uns hindurch

 In unsere Herzen kehre ein und reiche uns Frieden

Papillo – atomarer Himmel

Mitten auf der Golden Gate Bridge stand er. Papillo wusste nicht, was das sollte, oder was es eventuell bedeuten könnte. Wie Träume sich immer bei ihm gestalteten. Das schien wieder so ein Traum zu sein, der ablief wie ein Film. Eingriffsmöglichkeiten hatte er keine und musste sich ausgeliefert der Sache hingeben. Weit und breit konnten seine Augen auf der Brücke kein einziges Auto sehen. Nicht einmal in der Entfernung hatten seine Ohren Motorengeräusche zu hören. Da war nichts an Bewegung. Papillo konnte den gesamten Horizont absuchen.

Nichts.

Die Sonne schien, und wolkenlos präsentierte sich der breite, blaue Himmel über ihm. Auch kein Windhauch ließ sich spüren auf Papillos Haut. Langsam bewegten ihn seine Füße zum Geländer dieser Brücke. Dort endlich angekommen, legte er seine schweren Ellenbogen darauf und nahm den Kopf zwischen die Hände. Hatte Papillo was verpasst?

Hey, Moment mal. Er lag im Traum, und dies war nicht die Wirklichkeit. Also brauchten keine Sorgen aufziehen und den herrlichen Himmel trüben. Groß und weit zeigte sich das Wasser unter ihm und der Brücke, die ihn trug. Es ging mächtig tief runter bis zur Wasseroberfläche. Die kleinen Wellen da unten konnten nur erahnt werden. Zu sehen waren sie nicht. Seine Augen wandten sich dem Horizont zu. Der lag weit weg und gab sich gelassen ruhig. In Gedanken wollte er gerade in die Sonne blicken. Weil er es mochte, in die Sonne zu blicken. Viele Menschen sagten, dass es ungesund sei, aber Papillo meint, es sei gut für ihn. Also seine Augen machten sich gerade auf den Weg, in die Sonne zu schauen, als sie was im Vorbeigehen aufschnappten. Daraufhin guckte er bewusst genauer hin.

Papillo in träumenden Gedanken: »Da ist ein Atompilz.«
   Vor ihm im Wasser baute sich ein riesengroßer atomarer Pilz auf! So einer, wie er diese Dinger aus düsteren Zukunftsfilmen kannte. Nur dieser war lebendiger und fühlte sich extrem heiß an auf seiner Haut. Vielleicht kam dieser von einer Bombe? Die vor ihm ins Wasser geschmissen wurde? Ohne von ihm bemerkt worden zu sein? Oder es war eine Rakete? Vielleicht kam es von unter dem Wasser her? Irgendein Intrigant hatte es da in einer Nacht platziert.

   Papillo sprang panisch von der Brücke runter. Über das Geländer, in das tiefe, weit entfernte Wasser unter ihm. Ihm war schrecklich heiß zu Mute. Auf dem Weg in das Wasser merkte er, dass es länger dauern würde als angenommen. In seinem Bewusstsein sah er weitere atomare Bomben oder Behälter für die Aufbewahrung von atomarem Müll. Jedenfalls das, was er sah, wurde einfach ins Wasser gekippt. Das Zeug detonierte, sobald sich die Wasserdecke darüber schloss. Und zusammen bildeten sie einen noch größeren Atompilz. Viel intensiver und aggressiver als der erste, der Papillo von der Brücke hatte springen lassen. Wie es nun mal zugeht in seinen Träumen.

Er raste immer schneller werdend dem kühlenden Wasser entgegen. Die Gravitation saugte kräftig an seinem Körper. Während er abstürzte, kamen Gedanken in ihm hoch, dass er den Sturz vielleicht nicht überleben könnte. Es dauerte noch eine Weile bis zum Aufprall mit der Wasseroberfläche. Die Hitze fraß an seinen Gliedern und er besaß schon keine Härchen mehr auf seinen Armen. All diese Vorstellungen schafften es nicht, ihn wirklich abzulenken von dieser prekären Situation, in der er steckte. Plötzlich verwandelte er sich.

Als er sich auf dem Weg zum Wasser befand, verwandelte sich sein Körper in einen Marienkäfer. Dabei nahm sein Körper auch die Größe eines Marienkäfers an. Papillo sah sich auf einmal von außen. Er sah sich selber zu, ohne das Empfinden zu haben, weiter abzubrennen oder zu schrumpfen. Als Marienkäfer flog er entspannt durch die Luft, als wäre nichts passiert. Er breitete seine Flügel aus und summte zum rettenden Ufer.

Papillo stand in einer hohen Grube. Sie war so hoch, dass er nicht aus ihr heraus klettern konnte. Um ihn herum befand sich überall dunkle, feuchte Erde und das einzige Licht kam aus dem Loch über ihm.

Dann krachte und rumpelte es laut. Ohren betäubend. Der wenige Himmel über ihm verfinsterte sich. Die Grube, in der er stand, war jetzt verschlossen. Aus der Grube wurde eine Höhle und doch, von irgendwo her, kam Licht, welches schwach sich überall verteilte. Ab jetzt konnte er die Zeit nicht mehr wahrnehmen. Aber es fühlte sich für ihn an, als würde eine Menge Zeit vergehen.

In dieser Höhle gab es Ratten. Diese Ratten veränderten sich mit der Zeit und benahmen sich befremdlich in ihrem Verhalten. Ihr Benehmen war am besten ersichtlich, wenn sie nach Asseln Jagd machten. Eigentlich machten sie das Beste aus dieser misslichen Situation hier in dieser Höhle, aus der anscheinend niemand raus kam.

Die Ratten stellten sich klug an beim Jagen. Ihre Jagdtechnik war ausgefeilt: Eine Ratte saß in einer Ecke und beobachtete aus der Ferne, wie eine Assel sich den Weg bahnte über den Sandboden. Pfeilschnell spannte sich die Ratte durch und fing mit ihren Zähnen die nichts ahnende Assel. So sah es Papillo von ferne. Wie der Balg eines Schifferklaviers schoss die Ratte nach vorne, zu ihrem Objekt der Begierde. Ihr Hinterteil befand sich weiterhin auf dem Fleck, wo die Ratte schon vorher gesessen hatte. Langsam, mit der Beute im Maul, zog sich der Nager wieder zusammen. Um eben eine normale Ratte abzugeben.

Papillo machte die Erfahrung hier, dass es kein Entkommen aus dieser Höhle und Situation gab.

Hier kam er nicht raus und der Hunger in ihm kam in sein Bewusstsein. Durch seine Beobachtung, wie sich die Ratten verhielten, eignete auch er sich spezifisches Jagen an. Wenn eine Ratte sich ausstreckte, um Beute zu erlegen, und sie daraufhin sich wieder zusammen zog, dann war sein Moment gekommen. Sobald eine Ratte lang auf dem Sandboden ausgestreckt lag, konnte er sie mit beiden Händen packen, an Hinterteil und Kopf. Und damit erfüllte sich sein Jagdziel.

Unerwartet und ohne Grund.

Auf einmal öffnete sich dieses Verlies und grelles Licht trat in die Höhle. Papillo brauchte Tage und Nächte, bis er sich an die neuen Lichtverhältnisse gewöhnen konnte. Dann erst verließ er die Höhle.

Mit einem Schlag änderte sich alles in seiner Umwelt. Die Freude erstrahlte groß in ihm, aufs Neue zu erleben, dass es Sonnenaufgänge gab und Sonnenuntergänge. In diesen Zeiten bewegte er sich am liebsten in der neuen Welt, in der er jetzt stand. Alles hatte sich verändert. Schwarze Vulkanasche erstreckte sich. Überall machte sich dunkle Wüste breit, bis zum Horizont. Tagsüber gab es am Himmel keine Wolken und auch die Farbe war verändert. Der Himmel erschien in Dunkeltürkis. Von nun an betteten sich die Sterne nicht mehr in Dunkelblau. Sein Ernährungsproblem löste sich eines Tages: Er fand eine große Ananasplantage hinterm Horizont. Von nun an ernährte er sich ausschließlich vegetarisch.

Schwarze Felsen umgaben die Ananasplantage. Sie machten auf ihn den Eindruck, als bestünden sie aus erkalteter Steinglut. Darin baute er sich sein Zuhause auf und führte ein sorgloses Leben bis zu jenem Tag. Johlende Stimmen hinter dem Ananasfeld machten sich bei ihm bemerkbar. Papillo marschierte durch das ganze Ananasfeld bis zum Ende. Da, endlich angekommen, erblickte er einen Zaun, so hoch wie eine Straßenlaterne, als es noch Straßen gab. Vor der großen Umwälzung auf der Erde. Letztendlich bestand dieser Zaun aus Maschendraht und nahm eine Fläche von einem Schulsportplatz ein. Obwohl der Zaun durchblicken ließ, was sich in dem abgegrenzten Gebiet befand, konnte Papillo nicht sein gesamtes Ausmaß an eingenommenem Boden ersehen.

Angekommen umschlossen seine Finger Zaunmaschen und seine Nase drückte sich in eine von denen.

Er sah Wesen, die genauso aussahen wie er. Menschen. Wie gerne mochte er jetzt bei ihnen sein. Bei ihnen und plaudern. Einfach nur plaudern. Er vermisste seine Spezies sehr. In diesem Moment wurde ihm bewusst, dass er sehr einsam war. Diese Figuren auf der anderen Seite des Zaunes amüsierten sich miteinander und spielten Fußball. Er hörte ihr Gelächter und sah ihre freudige Begeisterung an dem Spiel. Die andere Seite war das genaue Gegenteil von der Seite, auf der er stand. Dort schien alles sauber und ordentlich zu sein. Die unterschiedlichen Bodenflächen leuchteten in verschiedenen Farben. Papillo beeindruckte am meisten das saftige Grün vom Rasen der Spielfläche. So ein Grün, in dieser Pracht, hatte er lange nicht mehr gesehen. Alles machte auf ihn den Eindruck, als ginge es sehr kultiviert zu auf der anderen Seite.

Sein Herz schlug heftig vor freudiger Erregung und ihm wurde klar, dass das Leben wieder pulsierte. Papillo wollte daran lebhaft teilnehmen. Dieser Wunsch erschien jetzt stärker als alles andere. Kein Interesse mehr für seine ruhige und beschauliche Vegetation vergangener Tage. Mit dem Antrieb seiner Kraft und seines Mutes unternahm er den verzweifelten Versuch, über den Zaun zu klettern. Ganz oben angekommen, schwang er sich auf die andere Seite und kletterte herab. Dabei schaute er nicht auf den Boden. Große Höhen war er schon lange nicht mehr gewohnt gewesen. Außerdem hätte ihn vielleicht der Mut verlassen, wenn er unterwegs anhielte, um Luft zu holen oder um eine Pause einzulegen. Sobald Papillo mit seinen Füßen den Boden auf der anderen Seite berührt hatte, passierte etwas Skurriles.

Wieder einmal stieg er aus seinem Körper aus und konnte sich selber von außen beobachten. Sein Wesen veränderte sich, einmal mehr. Er nahm eine neue Frisur an. Seine Haare veränderten sich in ihrer Beschaffenheit und wurden kurz. Sie waren mit Gel bestrichen und nach hinten gekämmt. Die Kleider am Körper, oder besser die Lumpen, fielen von ihm ab, als handelte es sich um uralte Baumborken. Und aus ihm heraus wuchs neue Bekleidung. Sportliche Sachen trug er nun. Auch änderten sich seine Schuhe. Da waren jetzt Sportschule, ideal für das Fußballspiel geeignet. Papillo nahm wahr, dass er jetzt frisch rasiert war und geduscht. Dann saugte etwas an ihm und er gab eine Person ab. Wieder in sich steckend und zusammen mit sich vereint, änderten sich auch seine Sichtweisen über diese Welt.

Er ging zu den anderen Spielern auf dem Fußballplatz. Dort angekommen, fragte er die Spieler, ob er mitspielen dürfe? Er durfte. Sie spielten miteinander Fußball. Den ganzen sonnigen Tag lang.

Sein Wecker klingelte.

Fünf Uhr morgens. Das war seine Zeit fürs Aufstehen, denn sein Meister liebte es, wenn in der Frühe schon ordentlich gearbeitet wurde. Eine Hand von ihm schnellte unter der Bettdecke raus, an die kühle Luft, und sauste zum Alarm-Aus seiner Alarmuhr, welche auf dem Nachtschränkchen stand neben seinem Bett. Langsam öffneten sich Papillos Augen. Vom Bett aus guckte er durch die Jalousien seines Schlafzimmerfensters und erblickte, dass es, wie gewöhnlich für diese Jahreszeit, noch extrem dunkel draußen zuging. Nach dieser Nacht und diesem Traum wollten seine Gedanken nicht gleich in die reale Umgebung springen. In seinem Kopf spielten sich Fragmente seines Traums ab. Die Bilder dessen saßen vor seinen Augen. Aber das machte ihm nichts aus. Sein einstudiertes Morgen-steh-auf-Programm sprang an und erfüllte wie immer mit Bestnote seinen Dienst. Dreißig Minuten später verließ Papillo geduscht, geschniegelt und gestriegelt, natürlich auch eingekleidet, seine Wohnstätte. Er begab sich auf den Weg hinunter zu seiner vertrauten Bushaltestelle. Auf dem Weg dorthin musste der Aufzug benutzt werden, und das war morgens nicht so einfach.

Papillo lebte in einem großen Gebäudekomplex. Mehrere hundert Bürger lebten mit ihm in diesem Wolkenkratzer und wollten morgens, genau wie er, zur Arbeit gehen. Insgesamt benötigte er heute Morgen dafür acht Minuten. An seiner vertrauten Haltestelle angekommen stellte er fest, dass es noch ganze fünf Minuten dauern würde, bis sein Zubringerbus zur Arbeitsstätte erschien. Es war immer noch dunkel und kalt. Um ihn herum standen Leute, die, genau wie er, sich den Hintern abzitterten vor Kälte und auf den Bus warteten. Genüsslich zündete sich Papillo dabei eine Zigarette an und vertrieb die Zeit damit, dass er an warme Gegenden dachte und an seine Freundin.

Der Bus kam und sammelte alle wartenden Menschen ein. Im Bus war es warm und Papillo suchte nach einem Platz, wo er alleine sitzen konnte. Morgens brauchte er viel Abstand zu seinen Mitmenschen. Alleine kam er besser zu sich und konnte sich besser auf seine kommenden Pflichten einstellen.

Draußen war es kalt. Papillo sah, dass manche Straßenecken vereist waren und anscheinend vergessen vor sich hin träumten. Der Bus drehte auf eine Hauptstraße ein. Von hier aus konnte Papillo seinen Wohnkomplex betrachten. Dieser stand zwischen weiteren großen Wohnkomplexen und reihte sich ein in einer überdimensionalen, betonierten Dominoanlage. Aus der Ferne erschien das alles aberwitzig schön. Gerade um diese Uhrzeit. Die Wohnkomplexe waren in sich erstrahlt von Licht. An den Hochhäusern sah er eine Menge erleuchteter Fenster und dieser Anblick ließ ihn jedes Mal erschauern vor Ehrfurcht. Insgesamt brauchte der Zubringerbus eine Viertelstunde, um diese Ansiedlung hinter sich zu lassen. Das war ein sehr großes System von Wohnblocks. Eine Metropole für sich. Am Rand der eigentlichen Stadt. Auf weitläufigen Feldern wurde eine Betonwüste inszeniert. Die Prachtbauten kratzten am Himmel und fühlten sich stark, denn sie hatten die richtigen Einstellungen und wussten anscheinend, dass niemand sie jemals wegnehmen würde. In dieser Wüste gab es alles, was eine Infrastruktur aufbieten konnte.

Eigentlich war es eine Oase. Mit Einkaufsmöglichkeiten, Krankenhausversorgungen und einer Menge an Freizeitmöglichkeiten. Diese Ansiedlung wurde von Außenstehenden argwöhnisch betrachtet. Da war zum einen die autonome Gestaltung von Lebensräumen, die mit der Stadt nichts zu tun hatten. Die Bewohner sprachen einen eigenständigen Dialekt, der nur zwischen diesen Betonwänden zur Sprache kam. Und da gab es noch eine Eigenart, was die Lebensabläufe betraf. Geschäftiges Treiben und Bewegung fand hauptsächlich nur zweimal am Tag statt. Am Morgen und am Abend. Wenn die Bewohner erwachten und sich aufmachten zur Arbeit und dann, wenn die Bewohner wiederkamen. Außenstehende sagten zu so einem Massenphänomen, dass es sich hierbei um eine Schlafstadt handelte.

Auf Arbeit. Nun begann seine Zeit und hier fühlte Papillo sich sicher und geborgen. Hier brauchte er keine gravierende Verantwortung auf sich laden. Sein Vorgesetzter übernahm die selbstverständlich. Hier fand er Kollegen, mit denen er alberte und auf die man sich bei den Produktionsabläufen verlassen konnte. In seiner Arbeitskleidung eingehüllt sah er aus wie die meisten Mitarbeiter, denen begegnet wurde. Auch beschritt Papillo Wege, die vorgegeben waren durch sein vorgegebenes Arbeitsprogramm. Hier brauchte er nur zu funktionieren. Befehle empfangen. Gut zuhören und gute Arbeit abliefern. Papillo freute sich insgeheim darüber, denn so gut konnte das Leben zu ihm sein.

Wenn es zur Pause läutete, dann sprang er auf vor Freude und ging auf dafür bestimmten Wegen in die Kantine. In eine von insgesamt fünf Kantinen seines Betriebes. Auf dem Weg dahin traf er Kollegen und dann machten sie immer Späße übereinander oder über den Meister. In der Kantine letztendlich sahen alle uniformiert aus. Je nach Rang, Amt und Würden waren unterschiedliche Kleidungsstücke zu begutachten. Auch gab es diese getragenen Kleiderordnungen in wunderschönen unterschiedlichen Farben. Gerade die Frauen legten Wert auf Individualität. Dennoch verhielten sich alle nach einem fest einstudierten gleich ablaufenden Verhaltensrhythmus. Die Kantinenbesucher kamen in Gruppen zum Essen, jeweils dem Fachbereiche zugehörig, und achteten peinlich darauf, ihre soziale Gemeinschaft nicht zu verlassen. Überläufer gab es keine. Sie saßen gemeinsam, jede Gruppe für sich, an großen Tischen und grenzten sich nach außen ab von anderen Kantinenbesuchern. Keine Gruppe oder einzelne Person blieb länger als eine halbe Stunde in der Kantine.

Für Papillo war es ein Betrieb, aber es handelte sich um einen großen Industriekonzern. Sehr viele Menschen waren dort untergebracht und übten ihre erlernte Tätigkeit aus in unterschiedlichen Bereichen. Von Handarbeiten bis Computerprogramme Schreiben, oder vom Bereich der unterschiedlichen Maschinenfertigung bis zu kaufmännischer Logistik.

Der gesamte betriebliche Ablauf wurde so gehalten, dass jede Handlung von jedem Beschäftigten beobachtet werden konnte. In der Fertigung, da wo Maschinen zusammen geschraubt wurden, gab es keine räumlichen Unterteilungen. Genauso in der Produktion von Maschinenteilen. Da gab es auch keine Abteilungen von Räumen. Die Produktionsmaschinen waren gekapselt, und Staub und Späne wurden maschinell abgesaugt beziehungsweise durch ein vollautomatisches Förderband abtransportiert.

Anders verhielt es sich in den Büroräumen der Programmierer und derer, die für Logistik zuständig waren. Da gab es auch Großraumbüros, aber auch viele einzelne Büros. In den einzelnen Büros hockten die Abteilungschefs. Deren Sekretäre oder Sekretärinnen hatten auch ihre eigenen Büros.

Papillo war ein Rohrknicker, ein Blechierer, ein Techniker, und für die Entwicklung und Umsetzung von neuen Errungenschaften der Produktion zuständig. Er war in einer großen Halle mit seiner transportablen Werkbank und den dazugehörigen Werkzeugen stationiert.

Die Halle, in der er sich zurzeit befand, hatte die Höhe von 18 Metern und an der Decke verliefen Stahlschienen entlang, an denen Zugmaschinen und Kräne hingen. Diese Apparaturen konnten bis in den kleinsten Winkel der Halle ihre tonnenschwere Fracht absetzen, ohne Mühe oder Schwierigkeiten. Am Rand einer Halle hatten die Meister ihre Schreibtische zu stehen. Dort unter dem großen Dach befanden sich ihre Abteilungsquartiere. Das mit dem andauernden Lärm ging zu ertragen. Überall befanden sich kleine Kästen, welche permanent die Lautstärken der Maschinen überwachten und darauf achteten, dass die Geräusche nicht die vorgeschriebenen Grenzen überschritten. In der Luft lag ein kontinuierliches Rauschen. Ab einer gewissen Zeit gewöhnte man sich daran und hörte es nicht mehr. Wenn jemand eine Halle verlassen wollte, dann ging das nur über eine Luftschleuse. Damit wurde die Qualität und Temperatur der Luft stabil gehalten. Genauso musste jede Fracht, egal wie groß, eine Luftschleuse durchqueren, wenn sie in eine Halle wollte. Oder eine Maschine ging auf Reisen und verließ eine Halle. Lange Wege wurden mit einem Elektrofahrzeug überbrückt. Wenn kein Elektroauto zur Verfügung stand, dann half man sich mit einem Fahrrad aus. Für Elektroautos und Fahrräder gab es gesonderte

Parkplätze in den Ecken einer Halle. Jeder benutzte das Fahrzeug, das gerade zur Verfügung stand. Niemand beanspruchte ein spezielles Vehikel.

Papillo steckte tief in Arbeit. Er hing in einer Maschine drin. Die Maschine verlor im Betrieb kontinuierlich an Hydrauliköl und niemand von den Konstrukteuren wusste, warum. Sein Meister kam vorbei und streckte seinen Kopf in die Maschine.

Meister: »He, Feierabend! Es ist Samstag 17 Uhr und du kannst am Montag weiter machen ... mein Junge ... hau bloß ab!«

Papillo: »Okay, ich komm dann wieder. Aber nur, wenn sie Kaffee schon gekocht haben.«

Meister: »Haha. Hau endlich ab. Ich will auch nach Hause.«

Jetzt hieß es für Papillo, eilig rauskommen. Waschen und sich schön machen für seine Freundin. Sie hieß Femina und beide kannten sich eine Ewigkeit. Die ganze Geschichte fing im Kindergarten an. Als Papillo fünf Jahre alt war, kam Femina zu ihm, sie war vier Jahre gewesen zu diesem Zeitpunkt, und fragte ihn, ob er sie heiraten würde? Gefragt, getan. Sie heirateten im Kindergarten und von da an blieben sie zusammen. Vor ein paar Jahren entschieden sie sich in aller Öffentlichkeit und im Beisein von den gemeinsamen Freunden, sich als Liebespaar zu definieren.

Femina lebte auch in der Großraumwohnsilogegend wie Papillo, nur in einem anderen Hochhaus davon. Sie lebte am Rand dieser Schlafstadt und, von Papillos Wohnung aus gesehen, auf der gegenüber liegenden Seite.

Heute hatten sie sich in einem Café verabredet.

Papillo: »Hey ... Femina.«

Femina: »Hey Papillo. In die Baracke.«

Papillo: »Lass uns gehen.«

Die Baracke, oder besser, ihre Baracke. Beide hatten sich ein kleines Stück Land gekauft. Außerhalb von Stadt und der Schlafstadt gelegen, aber immer noch nah genug, um es bequem erreichen zu können. Die Fläche des Landes war nicht größer als 10 x 10 Meter im Quadrat. Das viel entscheidende Element war der Baum. Der Baum hatte eine alte knorrige Struktur und einen extrem dicken Stamm, welcher sich hinauf wand und überging in starke Astarme, um sich schließlich filigran in Ästen und Blättern zu äußern. Er bot sich als ideal für ein Baumhaus. Papillo und Femina bauten ein großes und üppiges Baumhaus in den starken, alten Baum hinein. Mit Terrasse oben darauf.

Der Baum konnte das alles tragen und es schien, als wenn er dankbar war wegen so viel Zuwendung. Von außen sah das Ganze aus wie eine Nachahmung von Märchen- und Sagengestalten. Femina und Papillo liebten es, in verwunschenen Sachen drin zu stecken. Zusammen konnten sie sich dermaßen in solche Dinge rein steigern, dass sie total drauf abhoben und Kilometer weit in der Luft flogen, mit sich. Femina taufte den Baum auf den Namen Patemus und beide veranstalteten daraufhin ein Erntedankfest und luden alle Freunde dazu ein, die Taufe, den Baum und das Land zu ehren.

Die beiden hatten es sich bequem gemacht in ihrem Baumhaus. Femina griff nach zwei Zigaretten und zündete sie an. Eine bekam Papillo.

Femina: »Ich habe bald einen Einsatz ... Du weißt, was das heißt ... Mach dir keine Sorgen. Wir sehen uns wieder.«

Papillo: »Ach, Femina.«

Femina: »Halt mich fest, und dann bleiben wir für immer hier. Ja. Und die anderen sollen sich um sich selber kümmern.«

Papillo: »Ha, ha ... Ich will auch, dass wir immer hierbleiben. Aber. Das große Aber. Du weißt, du wurdest dafür ausgebildet und trainiert. Es ist dein Job. Was willst du machen?«

Femina: »Jaja ... Lass uns verschwinden, keine Ahnung wohin. Und dann fangen wir ein weiteres Leben an. Wir können eine Familie haben. Schöne Kinder werden wir haben und die kriegt keiner. Ha, ha, ha! Ach Papillo. Manchmal beneide ich dich echt um deine Gelassenheit.«

Papillo: »Ach, Femina ... Am Schluss sind alle Ausreißer gefasst worden. Ist dir schon mal aufgefallen, dass keiner den Ort lebend verlassen hat? ... Die, die abgehauen sind und es eigentlich geschafft hatten ... sind freiwillig zurück gekommen. Aber das weißt du garantiert besser als ich.«

Femina: »Ist es verkehrt, an eine bessere Zukunft zu glauben?«

Papillo: »Was meinst du damit?«

Femina: »Ich weiß es nicht. Gesehen habe ich so etwas noch nicht. Dieser Begriff existiert immerhin in unserem

Sprachgebrauch und ... meint so viel, wie Leben von Morgen?«

Papillo: »Leben von Morgen? Oh, Femina.«

Femina: »Hast du eine bessere Idee?«

Papillo: »Ordinären Sex in der Gegenwart«

Femina: »Ach, Papillo.«

Sie zündete zwei Zigaretten an und gab ihm eine davon. Der Morgen dämmerte schon und etwas Licht kratzte an der beschlagenen Scheibe. Papillo stand auf und öffnete das Fenster. Hier musste die verbrannte und verwüstete Luft ausgetauscht werden. »Was hält Madame eigentlich von Kindern?«

Femina: »Noch nicht. Lass es uns mit Schlafen versuchen, ich bin total müde.«

Papillo: »Ich weiß nicht. Blöderweise ist das nicht mehr so einfach für mich, da tauchen dabei neuerdings immer Träume auf ...«

Femina: »Träume? Was ist das?«

Papillo: »Weiß ich nicht. Das geht jetzt schon seit einiger Zeit so.«

Er stand wieder auf, um das Fenster zu schließen. Dann sprang er schnell in das Bett zurück. In dem Raum war es kalt geworden. Es fühlte sich an, als wollte es wirklich Winter werden.

Femina: »Also nochmal, was war das eben?«

Papillo: »Kannst du dich noch an meinen schweren Unfall erinnern? ... Seitdem habe ich Träume ... Am Anfang habe ich mir nichts dabei gedacht. Ich dachte, das wird schon wieder gehen ... Aber Tatsache ist, es ging nicht. Seitdem träume ich immer mal wieder.«

Femina: »Komisch.«

Papillo: »Ach. So schlimm ist es nicht. Manchmal passieren total die lustigen Sachen, und wenn ich aufgewacht bin, lache ich immer noch darüber.«

Femina: »Warst du schon mal bei einem Arzt deswegen?«

Papillo: »Ja ... Aber der winkte ab und meinte, es wären Spätfolgen des Unfalls. Das würde sich mit der Zeit legen.«

Femina: »Na, vielleicht ist das so?« Sie gähnte.

Femina lag in seinen Armen und schlief bald den Schlaf der Gerechten. Papillo blieb wach, obwohl er sehr müde war. Er ließ Gedanken rauschen durch seinen Kopf.

Papillo presste den Telefonhörer mit seiner Schulter ans Ohr, während er versuchte, sich eine Zigarette anzuzünden.

Thorte: »Sie ist weg?«

Papillo: »Ja, das schon seit fünf Wochen! Es ist alles so Aarrrghrrr! Wenn du verstehst, was ich meine.«

Thorte: »Nein, so überhaupt nicht, dafür kann ich total kein Verständnis aufbringen.«

Papillo: »Ha, ha, ha.«

Thorte: »Würdest du trotzdem zu meiner Geburtstagsparty kommen? Auch ohne sie?«

Papillo: »Wann?«

Thorte: »Samstag. Gibt Bier, Fleisch vom Grill, Salate à la Thorte und Backkartoffeln.«

Papillo: »Es ist zu kalt für eine Gartenparty.«

Thorte: »Jein. Wenn alles klappt, feiern wir im Gewächshaus. Da lässt sich bequem Party machen, drin.«

Papillo: »Okeeh.«

Thorte: »Bis Samstag.«

Klick.

In der folgenden Nacht hatte Papillo einen Traum. Femina, sie rannte lachend vor Papillo her. Jedes Mal, wenn er an ihr dran war, rutschte sie gekonnt zwischen seinen Fingern weg. Die Umgebung in diesem Traum war komplett in Schwarz-Weiß gehalten, außer Femina. Papillo kam sich vor, wie in einem alten Filmklassiker. So was wie Eins-Zwei-Drei von Billy Wilder. Er suchte nach ihr und ging durch eine Tür, die offen stand.

Plötzlich stand er inmitten vieler Leute. Genauer betrachtet befand er sich mitten auf einer Theaterbühne und um ihn herum standen lauter Musikanten, welche an einer Acid Jazz Aufführung probten. Die Musik dudelte vor sich hin. Die Bühne machte den Mittelpunkt eines Theaters aus. Besser gesagt handelte es sich um ein Amphitheater. Um sie herum erhoben sich die Sitzreihen. So viele, dass insgesamt diese Sitzreihen einen hohen Trichter ergaben. Es gab keine Hallendecke. Stattdessen leuchteten viele Sterne am Nachthimmel und gaben eine warme Atmosphäre ab.

Auf der Bühne gab es unzählige Scheinwerfer und niemand brauchte sich Sorgen machen darüber, dass er oder sie nichts sehe. Auf der Bühne sah Papillo alles, und wie jeder mit seinem Instrument agierte. Dann gab der Dirigent ein Zeichen und alle hörten auf, zu musizieren. Anscheinend machten sie jetzt Pause. Jeder beschäftigte sich mit sich selber, darum wurde Papillo nicht bemerkt von ihnen.

In weißem Frack stand der Dirigent erhaben auf seinem Podest und blickte ihm in die Augen. Noch ehe er was sagen konnte, klopfte der Dirigent mit einem Stock auf sein Pult, dann stand er plötzlich neben Papillo und berührte dessen Schulter. Der Dirigent wirkte freundlich und machte den Eindruck, als sei er Papillo wohl gesonnen.

»Hallo und Frieden«, sagte er lächelnd.

Papillo: »Wer bist du?«

Dirigent: »Mein Name ist Veneficus und ich bin Dirigent.«

Papillo: »Warum bin ich hier?«

Dirigent: »Weil du es so willst.«

Papillo: »Warum träume ich und warum ist Femina damit reingezogen?«

Dirigent: »Ha, ha, Femina ist in deinem Herzen. Du träumst, weil du von der Direktion dafür auserwählt wurdest. Dein Leben wird sich ändern.«

Beide guckten sich stumm für eine längere Zeit in die Augen.

Dirigent: »Du musst jetzt erwachen. Dein Wecker klingelt gleich.«

Seine Augen gingen auf. Extrem entspannt guckte er sich in seinem Schlafzimmer um. Papillo lag zu Hause in seinem Bett. Der Riesenkomplex, seine Schlafanstalt hatte ihn wieder.

Jetzt klingelte sein Wecker. Es war fünf morgens. Papillo machte sich auf und ging ins Bad. Dabei stellte er fest, dass sein Körper sehr ausgeruht und voller Energie war. Eine halbe Stunde später befand er sich in seinem gewohnten Trott wieder. Da wartete der Fahrstuhl auf ihn und die allzu bekannten, anonymen Gesichter, die er jeden Morgen im Bus traf.

Papillo: »Nur eine Frage noch. Wir hatten Zeit dafür.« Sauste es ihm durch den Kopf und guckte dabei, wie jeden Morgen, aus dem Busfenster. Einmal mehr sah er die gewaltigen Betonklötze am Horizont, wie sie, wie Weihnachtstannenbäume, als Lichtermeer erstrahlten.

Endlich kam der Samstag. Papillo freute sich, in einer wohl klimatisierten Halle zu sein und Arbeit vorzufinden. Da war, wie immer, eine Menge zu erledigen, und das beruhigte ihn, denn so wusste er, was auf ihn wartete und konnte so seine Zukunft besser planen. Die Zeit ist wirklich relativ. Papillo wusste, wenn er mit Freude und Arbeitsgier arbeitete, dann zischte die Zeit davon und es war Feierabend, für diesen Tag. Noch zwei Stunden, und die Arbeit für den Samstag wollte sich verarbeitet haben.

Aus einer der Duschen des Waschraumes von der Umkleidestation prasselte warmes Wasser auf ihn nieder. Dabei wanderten Gedanken durch seinen Kopf. Gedanken von Umwälzung und Neuordnung seines Lebens. Sein Leben war stabil und überschaubar, aber gleichzeitig starr und unflexibel. Es gab Zeiten, da konnte er sich nicht spüren und die Lebensabläufe fanden automatisch statt. Die Verhältnisse waren zu geordnet und verschachtelt bei ihm. Jedenfalls Fluchtgedanken machten sich breit in seinem Kopf und Bilder tauchten vor seinem geistigen Auge auf. Da war ein verfasstes Kündigungsschreiben von ihm auf einem DIN-A4-Blatt. Dieses Blatt hatte es in sich, es beinhaltete ein Wasserzeichen und das

Wasserzeichen nahm letztendlich die ganze Seite in Anspruch. Wenn man das Blatt gegen das Licht halten würde, dann konnte ein wunderschöner Fuck-Finger zu sehen sein. Und das alles sollte den Eindruck erwecken, dass es jeden Moment einem um die Ohren fliegt.

Dachte er so über sich nach: Rache! Ja, Rache für Ausbeutung und Abhängigkeit vom Arbeitgeber und das Stehlen von Lebenszeit. Freiheit! Freiheit und Liebe für alle! Solche Gedanken gingen durch seinen Kopf, wenn er unter einer Dusche des Waschraumes stand. Sein Körper erhitzte sich dabei und wurde unruhig. Am liebsten wäre Papillo aus dem Waschraum gerannt und hätte einen Marathon absolviert. »Was war das denn schon wieder?«, dachte er und ging zu seinem Umkleideschrank.

Nach dem Verlassen des Werksgeländes machte Papillo sich auf den Weg zu der Wohnung von Femina. Eigentlich war es ein Dachgeschoss, nur für sie alleine. Liebevoll baute sie es mit der Zeit aus und setzte da ihre eigenen Ansprüche hinein. Die meisten Bauarbeiten geschahen, bevor Femina mit Papillo zusammen kam. Natürlich half er in all der Zeit immer mal mit, zu bauen. Sie kannten sich seit ihrer Kindheit und waren eigentlich schon immer zusammen gewesen. Nur bevor sie offiziell ein Paar wurden, hatte jeder von ihnen Liebschaften und sein eigenes Leben. Von Kindesbeinen steckten sie zusammen, in demselben Freundeskreis. Da waren Kindergeburtstage und Sommerfeste und Faschings. Später gingen sie gemeinsam aus, tanzen oder ins Kino. Sie trafen sich auf diversen Partys von Freunden und hielten Kontakt miteinander.

In dem Wohnhaus von Femina angekommen leerte Papillo erst mal den Briefkasten aus und ging anschließend hoch, in ihre Bleibe. Ihre Wohnung. Femina versuchte ihr Nest so zu gestalten, dass sie einen Ort der Ruhe und Zuversicht vorfand, in ihrer bewegenden Welt. Er wusste das und versuchte, so viel Rücksicht wie möglich auf ihr inneres Gleichgewicht zu nehmen.

Angekommen. Papillo ging in die Küche und nahm sich erst mal den Kühlschrank vor. Femina, da sie nicht genau wusste wie lange ihr Auftrag gehen würde, stopfte vorsorglich den ganzen Kühlschrank mit Bier voll. Diverse Lebensmittel brauchte sie ja da drinnen nicht mehr und so gab es nur Bier vorzufinden. Papillo kannte ihre spezielle, liebevolle, fürsorgliche Art für ihn und wieder einmal hatte sie sein Herz erobert, als er auf ihrer Terrasse saß, ein Bier trank, eine Zigarette rauchte und versunken an sie dachte. Die Sonne stand am Horizont und er blinzelte. Nach seinem Biergenus machte er sich auf und ging rein, legte seine Jacke ab und machte sich frisch ans Werk, sich um ihre vielen Pflanzen zu kümmern und Staub zu wischen. Am besten waren die Pflanzen. Sie machten jede für sich einen ausgeglichenen und entspannten Eindruck. Femina konnte gut mit ihnen umgehen und es schien, die Pflanzen mochten sie sehr. Der zweite Teil, Staubwischen, war nicht so spannend und kostete viel Konzentration. Einmal mehr stellte er fest, wie viel Tüdelkram und andere Utensilien in ihrer geräumigen Wohnung standen. Endlich ließ er sich auf ihre Couch fallen.

Seine Leistung vollbrachte Wunder. Die Wohnungsumgebung sah wieder so hergestellt aus, als wenn Femina nie weg gewesen wäre. Die Couch. Als er da darauf lag, kamen Erinnerungen hoch und er musste daran denken, wie sie beide diese Couch hoch gebuckelt hatten, um sie dann in die Wohnung zu schleppen. Und es hatte ewig gebraucht, bis Femina endlich die richtige Ecke dafür gefunden hatte.

Papillo ging in das Bad, um sich zu duschen. Heute war der besagte Abend der Thorteparty und da wollte er einen guten Eindruck machen. Seine Klamotten steckte er in die Waschmaschine, später würde sich Papillo neue Anziehsachen von ihm aus dem gemeinsamen Kleiderschrank holen. Femina liebte es, ihn in einem Anzug zu sehen. Dementsprechend hingen hier in ihrer Wohnung viele seiner Anzüge herum und da würde er sicher was Passendes finden für heute Abend.

Ding Dong!

Papillo stand nachts in der Kälte am Gartentor von Thortes Anwesen. Wenn Party vollzogen wurde bei Thorte, dann konnte davon ausgegangen werden, dass sehr viele Gäste da waren, und Thorte kannte viele Leute, mit denen er in Kontakt stand. Er war ein geselliger Kumpeltyp, und alle mochten ihn.

Natürlich ließ es Thorte sich niemals nehmen, wenn Party bei ihm war, seine Gäste persönlich einzulassen und zu begrüßen. Dem zu Folge dauerte es ein Weilchen, bis endlich das Gartentor geöffnet wurde. Thortes richtiger Name lautete Thorsten, aber alle, die ihn kannten und schätzten, nannten ihn Thorte.

Papillo zündete sich eine Zigarette an, um sich damit von der feuchten Kälte hier draußen am Stadtrand abzulenken, solange er auf ihn wartete. Thorte und Papillo kannten sich schon seit ihrer Teenagerzeit. Zusammen standen sie Rücken an Rücken, wenn es hieß, gegen die anderen Jungs musste sich durchgesetzt werden. Teenagerleben eben. Thorte kam damals auf die glorreiche Idee, einen Schachklub ins Leben zu rufen. Am Anfang waren sie nur wenige Schachspieler gewesen. Bald aber änderte sich die Besucherzahl und nachher platzte der Schachraum aus allen Nähten. Als sich bald rumgesprochen hatte in der Teenagerszene, dass dabei Musik gehört wurde und Bier und Zigaretten konsumiert wurden, gab es darauf einen solchen Ansturm und jeder wollte Mitglied sein.

Die Eingangstür öffnete sich. Ein Schwall an Gejodel und Gelächter, verbunden mit scheppernder Musik ergoss sich durch den Türbogen. Thorte trat natürlich raus auf das Eingangsportal, um sich besser ein Bild machen zu können, und um sich selber besser zu repräsentieren. Manchmal kam der Gedanke auf bei Papillo, die Partys von Thorte galten dem Zweck, seinem Selbstdarstellungsdrang seinen Lauf zu lassen. In seiner linken Hand schwenkte er einen Wodka-Martini mit Olive und in der rechten Hand hielt er eine Zigarre. Er trug schwarze Lederschuhe, dazu eine Bundfaltenhose. Sein Torso kleidete ein dunkelrotes Seidenhemd und sein Hals wurde von einem blauen Seidentuch umschmeichelt. Seine schulterlangen, blonden Haare überließ er einfach sich selbst. Errötete Wangen besaß er und seine Augen strahlten vor Glückseligkeit.

Thorte: »Welch eine Freude! Komm rein Papillo ... Ach, du siehst ja ganz verfroren aus. Geh an die Bar, unten im Partyraum, da müsste jetzt Chantal mixen. Am besten ist, wenn du mit Wodka anfängst ... zum Aufwärmen.«

Papillo: »Hey, Thorte, lass dich drücken, alter Pirat ... Hier, was zum Trinken. Ein Kästchen für dich und uns, ha, ha.«

Drinnen steppte der Bär. Der Durchgang zu den Kellergefilden war übervoll mit jubelnden Leuten besetzt. Explosionen von Freude, Glück und Spaß erschallten und wurden untermalt von lauter Musik. Papillo wühlte sich erheitert durch die Menschen hindurch und grüßte lachend nach allen Seiten. Alle waren entspannt und gut drauf. Jetzt gab es nur noch die Party und niemand dachte mehr daran, ob es vielleicht noch ein Morgen geben könnte? Auf seinem lang anhaltenden Weg zum Partyraum: Als er es dann doch schaffte, da anzukommen, stapfte Papillo in ein grölendes Empfangskomitee. Dort traf er auf Freunde, die lange schon verschollen waren und nun schien die Zeit angehalten zu sein. Es war wie früher.

Stunden später: Irgendwann, Dämmerung ließ sich erkennen. Anscheinend gab es doch einen Morgen. Auf der Suche nach einem ruhigen Ort wankte Papillo nach oben, aus dem Keller raus. Er schmiss sich auf das erste Sofa rauf, welches ihm begegnete. Überall hatten sich Partyaner verteilt. Auf den Böden, in den Zimmern, in dem Bad und in der Küche. Papillo wollte sich nur ein wenig ausstrecken auf dem Sofa und ein bisschen Luft schnappen.

Flieger: »Hallo, Papillo ... Wir sind uns bis jetzt nicht begegnet, aber ich freue mich, deine Bekanntschaft zu machen.«

Papillo musste seine Augen öffnen und dann die Gestalt im Raum suchen, die ihn gerade angesprochen hatte. Gegenüber, in einem Sessel, saß ein etwas gealterter Mann. Sein Lächeln strahlte Freundlichkeit aus, die Frieden im Sinne trug. Die Figur des Mannes schien abgemergelt und aufgezehrt zu sein, jedenfalls kam es so rüber für Papillo. Er trug keine Schuhe und Socken an seinen Füßen. Papillo konnte an den Knöcheln des Fliegers Tattoos sehen. Genauso waren seine Handgelenke tätowiert und sein Hals. Ein Flieger? Jedenfalls trug er auf seinem Kopf eine weiße Fliegermütze. Diese Mütze machte den Anschein, als bestehe sie aus Leder überzogen mit weißem Lack. Das war so eine Mütze, wie man sie sehen konnte in den amerikanischen Kriegsfilmen über den Zweiten Weltkrieg. Bomberpiloten trugen so etwas in diesen Filmen. Des Weiteren trug dieser Flieger weiße Jeans und einen weißen Pullover und das schien es zu sein. Mehr konnte Papillo in seiner Situation nicht erkennen.

Unweigerlich fiel Papillo sein letzter Traum ein. Der Traum, wo eine Frage nicht gestellt wurde von ihm.

Papillo: »Warum ich?«

Flieger: »Was passierte mit dir?«

Papillo: »Ich hatte einmal einen Unfall. Wurde mehrere Male deswegen operiert und habe lange Zeit damit zu kämpfen gehabt. Machte eine Rehabilitation, wegen dem, und in dieser Zeit fing es an.«

Flieger: »Wurden Körperteile ausgewechselt?«

Papillo: »Weiß ich nicht. Aber über zwölf Schrauben wurden in mir verschraubt und meine Knochen wurden eingegipst. Das ganze Material kam später raus und dann ging die Reha los.«

Flieger: »Erschrecke nicht. Aber könnte es sein, dass deine Programmierung verändert wurde? Oder sich einfach so änderte?«

Papillo: »Was soll, was ist das denn? Habe ich das eben wirklich gehört?«

Flieger: »Wenn du eine Antwort haben möchtest, dann lass mich weiter ausholen.«

Gewiss wollte er eine Antwort. Papillo nickte.

Flieger: »Die menschliche Spezies zeichnet sich dadurch aus: Sie kann logische Zusammenhänge analysieren und auswerten. Meint, es ist ein kreativer Denkapparat vorhanden, welcher dafür besonders geeignet scheint, Problemlösungen zu entwickeln. Der Zeitraum, diese Kapazität rational auszubeuten, beläuft sich auf etwa 50 Jahre. Genauso verhält es sich mit dem funktionierenden Körper. Eine perfekte Arbeitsmaschine, die auf etwa 60 Jahre auszubeutende Arbeitszeit kommt. Perfekt. Menschen sind in der Lage, sich selber zu heilen, zu ernähren und sich selber zu reproduzieren.«

Papillo: »So was kann jedes Lebewesen.«

Flieger: »Genau erfasst. Zu beachten ist gleichwohl der Denkapparat. Die menschliche Spezies verfügt über einen Denkapparat, in dem sich kognitive Lernprozesse abspeichern lassen, und gewollt wieder abrufen lassen – und nicht nur das, sondern sich immer wiederholt abrufen lassen – und bleibt dabei lernfähig. Die Speicherkapazität ist sagenhaft.«

Papillo: »Und?«

Flieger: »Alle Lebewesen verfügen über eine Art Gehirn. Es gibt Lebewesen, die haben ein viel größeres Gehirn, auch komplexer in seiner Machart. Aber. Eben nicht so eines im Aufbau, wie das menschliche Hirn. Mit der Fähigkeit ausgestattet, Arbeit zu verrichten.«

Papillo: »Was willst du damit sagen?«

Flieger: »Ich will darauf hinaus: Was wäre, wenn die Spezies Mensch genau für diesen Zweck entwickelt wurde? Eben nur für diesen Zweck?«

Papillo: »Entwickelt? ... Von wem? ... Von Gott?«

Flieger: »Nenn es, wie du willst. Ich gehe weiter in meinen Ausführungen. Vielleicht sind es Ingenieure gewesen, die für eine Gesellschaft entwickeln? Sie entwarfen diese Spezies auf dem Reißbrett, oder auf dem Display, egal. Nur für den einen Zweck, eben zu arbeiten?«

Papillo: »Ha, ha, ha. Die Menschen sind Roboter, stimmt's?«

Flieger: »Wie du willst. Sage mir: Wie siehst du diese Welt?«

Papillo: »Die einen laufen sich 'nen Wolf und die anderen kaufen sich was.«

Flieger: »Ich betrachte diesen Planeten als, in deinen Worten, Roboterkolonie. Dieser Planet musste erst mal urbar gemacht werden. Danach wurden humanoide Roboter gezüchtet und diese bekamen eine Menge an Ausbildungen. Viel an Training und an unterschiedlichen Programmen war zu bewältigen.«

Papillo: »O Mann, ich bin müde und habe einen an der Bommel! Warum jetzt? ... Mach bitte weiter.«

Flieger: »Nun, meine Spezies ...«

»Unten, unten, uuunten in deep Küche gibb's Bunsch!«

Thorte: »Hey Leute.« Thorte stand einfach so im Raum. Wie so oft hatte er es einmal mehr geschafft, unbemerkt dazuzukommen, ohne von irgendwem bemerkt worden zu sein. Auch Thorte zeichnete eine bedenkliche Kurve ab in seiner Haltung und Papillo hatte den Eindruck, ihm schien es ernst mit dem Buffet in der Küche.

»Bin so müde.« Papillo gähnte. »UUAH! Gib mir fünf Minuten.«

Irgendwann kam Papillo in der Küche an, nachdem er geschlafen hatte. Dort traf er Thorte, wie er am Herd stand und Steaks briet, und den so genannten harten Kern des Freundeskreises.

Thorte: »Na du? Ausgeschlafen?«

Allgemeines Gelächter machte sich breit unter den Partyüberlebenden und die Gemeinschaft deutete ihre Freude darüber an, einen weiteren Überlebenden vorzufinden und ihn dankbar in ihrem Kreis willkommen zu heißen.

Thorte: »Ich habe nur noch Steaks, Salat und Bier. Was möchtest du haben?«

Das Essen entwickelte sich im Laufe der Zeit zu einer netten Party nach der Party. Das ganze drum und dran und hin und her entpuppte sich und wurde eine richtige Familienangelegenheit von den Überlebenden. Ja. Einfach mal die Seele baumeln lassen. Für einen Moment alles vergessen und einfach nur glücklich sein.

Abends, nach der Dämmerung, musste Papillo diesen Ort der grenzenlosen Freude und Glückseligkeit verlassen. Auf seinem Weg lief er Feldwege ab und kam seinem Wohnsilo näher. Die Skyline war umschlossen von erleuchteten, gigantisch großen Wohntürmen. Hoch hinauf ragten sie dem Himmel entgegen. Breit erhob sich das Ausmaß und dessen unerhörte Stimme tat sich kund.

Eine abwehrende und schützende Reaktion durchsauste ihn und drehte seinen Körper blitzschnell um. Seine Hände umfassten seinen Kopf, als wenn stechende Schmerzen ihn attackierten.

Papillo: »Nein! ... Ich will das nicht.«

Er drehte sich nicht zu diesen vertrauten, anheimelnden Wolkenkratzern um, sondern ging von ihnen weg und machte sich auf den Weg, über Felder und durch Wäldchen, zu dem Baumhaus.

Nach einer Weile Laufen, entlang an erfrorenen kleinen Teichen, vereinten Baumstämmen und verschneiten Feldern, kam er endlich mitten in der Nacht an und erkletterte den Baum Patemus. Drinnen im Baumhaus zog Papillo sich aus, schaltete die Heizung ein und ging ins Bett. Vorsorglich programmierte er den Wecker, damit seiner Zuverlässigkeit auf Arbeit kein Abbruch beschert sein würde.

Papillo lag wach im Bett und seine Augen starrten an die dunkle Decke des Schlafzimmers. Gedanken fluteten durch sein Hirn, Bilder jagten sich gegenseitig in die Flucht. Hatte er das alles geträumt? Was war das? Einbildung?

Alles stehen und liegen lassen.

»Ja!«

Papillo in Gedanken: »Abhauen!«

Und dann? Ihm kamen Gedanken der Nutzlosigkeit von Wegrennen hoch. Gab es überhaupt einen Ort, wo er nicht sich dem System der Ausbeutung stellen musste?

Die Welt verändern, Gesellschaft verändern, aber wie? Was war nur los mit ihm? Er kam sich vor wie ein Teenager. Papillo ging jetzt davon aus, dass tatsächlich ein komischer Mann auf ihn eingeredet hatte als er betrunken und müde auf der Couch lag bei Thorte. Nachher war er nicht mehr da gewesen und niemand konnte sich an so einen komischen Mann erinnern. Da wurde geredet von irgendwelchen Konstrukteuren, Maschinen und Robotern, die sehr gute Arbeit leisten konnten und darum hoch im Kurs standen.

Oder war es irgendwie anders? Die Geräte standen auf einem Abstellgleis bei einem Güterbahnhof der Deutschen Bahn und rotteten vor sich hin, die wollte keiner mehr haben. Denn es wurden Nachfolgemodelle geschaffen, die viel effizienter sich gestalteten. Und das hatte zur Folge, dass sich die Roboter verselbstständigten und sich die Zeit damit vertrieben, einfach so, ihre erlebten Programme abzuspielen. Ansonsten gab es für sie nur noch die Langeweile. Aus den Wagons ausbrechen kam einer Todsünde gleich. Darum versuchte jeder Roboter so führungstreu wie möglich zu agieren. *Nicht wahr?*

Papillo in Gedanken: »Hm ... Neuerungen fußen auf hergebrachten Strukturen. Gibt es dann überhaupt was Neues?«

»Schieb' das jetzt weg.«

Papillo in Gedanken: »Okay.«

Bald schlief er fest, und diesmal hatte er keinen Traum, sondern schlief den Schlaf des Erschöpften.

Der Wecker klingelte und dankbar machte Papillo sich auf. Denn heute musste ein anderer Weg zur Arbeit bestritten werden. Dann plätscherte das Duschwasser auf ihn ein. Die Arbeit, die er heute gab, schien gut gewesen zu sein. Heute war einer dieser Tage, an dem alles funktionierte. Nichts hatte seine Konzentration beeinflusst oder gestört. Nicht einmal der Meister kam vorbei mit seiner Teetasse und wollte ein Gespräch anzetteln. Die Arbeitszeit verflog im Nu und jetzt stand Papillo wieder mal unter einer Brause, von der Waschstation seiner Umkleideabteilung. Diesmal hatten Fluchtgedanken keine Chance. Papillo liebte Tage, wie diesen. Da machte Arbeiten Spaß und dabei konnte er absolut aufgehen in seinen Bewegungen und Handhabungen. An so einem Tag spürte er, wie die Energie in ihm zirkulierte und dabei fühlte Papillo sich besonders real in der Welt und lebendig.

Nach dem Duschen kleidete er sich entspannt an. Schloss seinen Schrank ab und verließ das Etablissement. Heute Abend wollte er in seine Wohnsilowohnung schauen und es war ihm egal, ob er einen Roboter abgab oder nicht. Es gab Zeiten in seinem Leben, da liebte er seinen Job sehr, und er wollte gar nichts anderes machen im Leben, außer Femina lieben.

Die Heimreise verlief wie am Schnürchen gezogen. Der Bus kam zur rechten Zeit und in dem Bus bekam er den Platz, den er haben wollte. Nach der Busreise ging Papillo zu seiner Haustür, um sich zum Fahrstuhl durchzuschlüsseln. Im Lift kam er wieder zum Denken. Papillo wollte heute nicht denken, der Tag schien schön zu sein und gut zu ihm. Aber die Gedanken forderten Gehör.

Gesetzt den Fall, Maschinen und Roboter wurden auf einem Abstellgleis geparkt und keiner kümmert sich um das ganze Material. Das könnte bedeuten in der letztendlichen Konsequenz, dass die Roboter machen können, was sie wollen. Aber sie machen es nicht. Anstelle dessen üben sie ihre Programmierungen aus, bis zum Gehtnichtmehr. Warum? Kommen sie nicht über ihre Programmierung hinaus? Können sie keine realistische Einschätzung ausüben? In Bezug zu ihrer tatsächlichen Realität? *Fragen.*

Die Fragen in seinem Kopf wurden zum Glück unterbrochen, weil der Aufzug zum Halt kam, in seiner Etage. Der Lift kam zum Halt. Die Tür schwang auf und Papillo wurde mit einem finsteren Korridor, welcher zu den einzelnen Wohnungstüren führte, konfrontiert. Wie immer wollte das Licht des Aufzuges nicht den dunklen Korridor beleuchten. Es wäre eine Hilfe gewesen für ihn. Seine Füße bewegten sich und er trat raus aus dem Aufzug, in den dunklen Bereich. In dem Moment als Papillo draußen stand vor dem Lift schloss sich entschlossen die Tür, und das Gerät fuhr ab. Nun stand er wirklich im absoluten Dunkel seines Korridors. Ihm fiel ein, einmal wieder, dass seine Augen nachtblind waren und er eigentlich eine Taschenlampe benötigte, um diese Situation zu bewältigen.

Situationsanalyse: Papillo brauchte einen Lichtschalter. Möglichst in unmittelbarer Nähe. Sein innerer Bauplan des Wohnungszugangsbereiches seiner Etage wurde von ihm hervorgekramt und er versuchte, sich daran zu orientieren und zu erinnern, wo die Lichtschalter installiert waren. Langsam und umständlich tasteten ihn seine

Hände an eine Wand ran und drehten ihn mit dem Rücken zu ihr. Langsam bewegte er sich in Richtung eines Lichtschalters. Jedenfalls bildete Papillo sich ein, vor ihm müsste einer sein. Im Dunkeln des Durchganges. Seine Führungshand fühlte sich entlang an der rauen Wand, in Höhe des zu erwartenden Lichtschalters. Vielleicht war es gar nicht die Höhe des Lichtschalters, aber Papillo musste gerade an was anderes denken.

Wie so oft lenkte Papillo sich mit anderen Sachen ab in solch beklemmender Situation. Er dachte an Femina und ihre perfekten Augen. Sie sah alles, egal, in welchen Umständen sie steckte. Und jeder Augenarzt lobte die Brillanz ihrer Sehfähigkeit. Endlich. Seine Führungshand ertastete den erhofften Lichtschalter.

Gerade als er den Lichtschalter betätigen wollte, schwang eine Wohnungstür gegenüber auf, gleißendes Licht blendete ihn und kurz konnte er gar nichts mehr sehen. Papillo bemerkte, wie ein Schatten sich aus dem Türrahmen bewegte und auf ihn zukam. Diese Person berührte ihn sanft an seinen Oberarmen und schaute ihm fragend in die Augen. Nun konnte er auch Musik hören, welche aus dem blendenden Türrahmen entwich.

»Sag mal, was machst du denn da?«

Der hell erleuchtete Türrahmen gehörte zu seiner eigenen Wohnung. Anscheinend war Papillo weiter vorgedrungen, als anzunehmen schien.

Femina: »Komm endlich rein. Ich warte schon den ganzen Tag auf dich.«

Drinnen konnte er wieder alles sehen.

Femina: »Warum hast du mich so lange alleine gelassen?«

Papillo: »Wo warst du? ... Ich habe dich vermisst.«

Sie zündete zwei Zigaretten an und reichte ihm eine.

Femina: »Es ist noch nicht vorbei. Ich hatte einen Botengang zu machen und das brachte mich hierher zurück in die Stadt. Dachte, komme dich besuchen, aber du bist erst jetzt da! Morgen muss ich weiter ziehen, aber jetzt ist jetzt!«

Papillo: »Ja, mmha. Ich liebe dich!«

Femina: »Morgen ganz früh muss ich einen Flieger nehmen ... Lass uns keine Zeit vergeuden.«

Liebe! Liebe! Liebe! Liebe! Liebe! Liebe! Liebe! Liebe!

Beide genossen den Moment.

Femina: »Los, erzähl ... Du hast dich verändert.«

Papillo: »Nein. Ich habe mich nicht verändert. Bin bloß ein bisschen platt. Sonst nichts ... Ach ja, schöne Grüße von Thorte. Hatte mich zu seiner alljährlichen Feier eingeladen. Die Gang vermisste dich sehr dabei.«

Femina: »Hm ...«

Papillo: »Wie wäre es, wenn wir wirklich abhauen?«

Femina: »Okay, was ist passiert?«

Papillo: »Nichts ... nur ... das schlaucht alles, zurzeit.«

Femina: »Das hier ist meine Heimat. Könntest du deine Heimat aufgeben?« Papillo: »Weiß nicht ...«

Femina: »Hey ... Ich will Kinder mit dir haben.«

Papillo: »Waaooh ... DU hast dich verändert!«

Liebe! Liebe! Liebe! Liebe! Liebe! Liebe! Liebe! Liebe!

Femina zündete zwei Zigaretten an und reichte eine weiter zu ihm.

Papillo: »Hm ...«

Femina: »So, du warst also auf Thortes Party, ohne mich ... Und war's schön?«

Papillo: »Ja! ... Und du wurdest vermisst ... alle haben dich vermisst ... ich habe dich vermisst ...«

Femina: »Du bist eifersüchtig ... Ha, Ha! ... Endlich. Dass ich das erleben darf? Oh, du mein geliebter Prinz. ...«

Papillo: »Ha, ha! ... Du meine Prinzessin ...«

Femina: »Das ist okay! ... Ja ... langsam glaube ich, aus uns kann doch noch was werden.« Papillo jagte Femina durch die Wohnung. Als sie sich bereitwillig fangen ließ, machten sie Liebe miteinander.

Vier Uhr in der Frühe. Papillo nahm ihre große, dick gepackte Sporttasche aus dem Kofferraum des Taxis, welches die beiden zum Flughafen gebracht hatte. Femina zündete zwei Zigaretten an und gab eine an Papillo ab. Dann ging sie in die Halle zum Terminal, um einzuchecken.

Serano

Brunhilde saß auf Pavlos und wickelte ihre Arme um ihn und streichelte sanft seine Schultern. Als sie, angestachelt von seiner Liebe, seinen Kopf überall mit Küssen bedeckte. Pavlos schnaufte und küsste zärtlich ihre Brüste. Das Ganze entwickelte sich für Brunhilde und Pavlos zu einem genialen und entspannenden Samstagnachmittag. Von so einem Nachmittag konnte man lange zehren und da hat man was für lange, kalte, einsame Winternächte.

Der Himmel hing voller zirpender Geigen, Bratschen, Harfen und Kontrabässen und Brunhilde und Pavlos stiegen immer höher in dieser lieblichen Melodie der Liebe. Mitten drin erschütterte ein lautes und krachendes Rumsen den Boden der gesamten Etage. Brunhilde und Pavlos stoppten überrascht ihr Konzert und guckten sich fragend an. Beide spitzten ihre Ohren und kommunizierten mit ihren Augen.

Brunhilde telepathisch: »Waren wir zu laut?«

Pavlos telepathisch: »Glaub ich nicht.«

Dann vernahmen die beiden ein dumpfes, niedergeschlagenes, lang anhaltendes Röcheln. Dieses Röcheln musste aus dem Wohnzimmer herstammen. Es kam anscheinend von weit her und drang durch die geschlossene Tür. Im Verlaufe der Ereignisse veränderte sich die Tonlage des Röchelns und klang jetzt eher wie ein schockiertes Stöhnen. Nun konnten die beiden den ankommenden Schockwellen einen Namen geben. Die beängstigenden

Töne kamen von Horstl, welcher eigentlich im Wohnzimmer auf seiner Couch gelegen hatte und die Programmzeitung studierte.

Horstl war der Freund von Veri, welche die Mutter von Pavlos repräsentierte, und mit beiden musste Pavlos seit seiner Kindheit zusammen leben, weil Veri das so wollte. Aus Liebe zu seiner Mutter machte er das Spiel mit und gab den perfekten Sohn für sie ab. Manchmal kam es Pavlos wie eine große Bürde vor, aber so sind nun mal liebe Söhne.

Brunhilde telepathisch: »Was meinst du? Gehen wir mal gucken?«

Pavlos telepathisch: »Ach, ist doch egal.«

»Veri!«, stöhnte Horstl, in einer Art von angstverzerrtem Sopran.

Das war's mit dem entspannenden Samstagnachmittag für Pavlos. Brunhilde forderte jetzt Nachforschung dessen, was da draußen los ist.

Beide mussten sich erst mal körperlich voneinander trennen, bevor sie in ihre Kleidungen schlüpfen konnten, um dieser mysteriösen Sache auf den Grund gehen zu können.

Nach dem Klang zu urteilen, ging es Horstl ziemlich mies und vielleicht brauchte er wirklich Hilfe. Brunhilde und Pavlos gingen aus dem Zimmer von Pavlos raus und marschierten, Hand in Hand, den langen Korridor entlang, dem Wohnzimmer entgegen. Das Zimmer von Pavlos war am weitesten weg von Veri und Horstl, darum wollte Pavlos es haben. Er konnte es nicht ertragen, die beiden irgendwo glücklich vereint sehen zu müssen. Aber mit der Zeit gewöhnt man sich an alles. Wie jetzt auch an diese Situation. Und Pavlos war glücklich, dass Brunhilde sich an seiner Seite befand.

Der Korridor führte zum Wohnzimmer. Dort schließlich angekommen, vernahmen die beiden eigentlich ein gewohntes Bild der wohnzimmerlichen Szene. Bis zu diesem Tag verhielt es sich immer so, gerade wenn Horstl sich in dem Zimmer aufhielt. So, in etwa, spielte es sich immer ab. Und doch waren die Verhältnisse heute an diesem Samstagnachmittag, eigentlich ein Jubeltag, denn Brunhilde war erschienen, etwas anders gestaltet.

Horstl lag, wie üblich, auf seiner extra großen, mit Doppel-Komfortkissen bestückten Fernsehcouch. Seine Füße streckten sich, wie gewöhnlich, in Richtung Himmel und wurden getragen von einer Menge zusammen geknautschter Kissen. Damit war Horstl ein Unikat. Keiner konnte das so gut wie er. Wenn man versuchte, dieses Kissengerüst nachzubauen, dann ging man unter und wurde mit der Zeit depressiv daran.

Jedoch nahm Horstl dieses Mal keine entspannte Haltung dabei ein. Im Gegenteil. Es war eher eine erstarrte, eine Schockhaltung. Obwohl seine Füße nach oben lagen, in Richtung Himmel, auf einem Wust von Kissen, geradezu einer gefertigten Kissenrampe, saß Horstl doch aufrecht auf seinem Hintern und sein Rücken stand frei im Raum und lag nicht entspannt auf der Couch. Auch war sein Körper in sich verdreht. Mit erschrockenen Augen starrte er in Richtung seines Lieblingsfernsehers und er konnte den Blick nicht abwenden oder unterbrechen. Mit erschrockener und verständnisloser Miene, mit rätselnden Augen und aufgerissenem Mund starrte Horstl zur Mitte seiner Schrankwand hin. Seine Schrankwand, auf die er immer sehr stolz blickte, stand auf der anderen Seite des Zimmers an der Wand ihm gegenüber. So konnte bequem auf der Couch sich ausgestreckt werden und gleichzeitig, im gesunden Abstand, konnte der Fernseher laufen.

Die Schrankwand war ein totalitäres, monströses Ungetüm, welches dennoch, architektonisch betrachtet, Raffinessen aufwies. Pavlos hatte als kleiner Junge viel Zeit vor diesem Monstrum verbracht und über dieses Bollwerk nachgedacht. Kam aber zu keiner klaren Aussage darüber, außer, es könne sich dabei um eine imperiale Ausdrucksform handeln. Horstl hatte seinen Willen durchgesetzt und dieses Ding in die gemeinsame Wohnung eingeführt.

Pavlos hatte einen hohen Preis bezahlt für das Glück von Veri und Horstl. Es kostete ihm die Beziehung zu seinem über alles geliebten Kater Raubritter. Raubritter war spezialisiert auf das Zerstören von Mobiliar und großen Schränken. Mit Leidenschaft übte er seine Profession mehrfach am Tag aus.

Horstl blieb, nach wie vor, in seiner angespannten Haltung stecken. Machte entsetzte Augen und sein Mund stand offen. In seiner ausgestreckten Hand hielt er die XTL-Radioboost-Fernsteuerung vom Fernseher und machte damit unfreiwillig einen denkwürdigen Eindruck. Brunhilde schaute Pavlos mit großen Augen an.

Brunhilde telepathisch: »Kannst du mir mal sagen, was hier los ist?«

Pavlos telepathisch: »Woher soll ich das wissen.«

Die Fernsteuerung gehörte zu einem großen Fernsehgerät. So groß, dass Horstl Modifizierungen an seiner Schrankwand hatte vornehmen müssen. Mit einer Stichsäge schnitt er einen erheblichen Teil aus der Rückwand der Schrankwand raus, um dem Fernseher genügend Luft einräumen zu können. Des Weiteren verschraubte Horstlein Dutzende von Winkeln, damit die Stabilität der Schrankwand nicht beeinträchtigt wurde. Horstl gab wirklich alles, um es seiner Schrankwand recht zu machen, seinem neuen Fernseher und Veri und Pavlos. Eigentlich war Horstl ein guter Mensch.

Veri: »Was ist denn los?« Veri kam zu dieser familiären Versammlung und trocknete sich dabei mit einem Küchenhandtuch ihre Hände ab. Sie beäugte fragend Horstl.

»Äjeeee!«, quietschte Horstl und weckte in Veri Besorgnis damit. Seine Lähmung schien sich zu lösen. Er fing an, sich ruckartig zu bewegen auf seiner Fernsehcouch und es war ganz deutlich zu erkennen, dass er immer wieder mit seinem Daumen auf die XTL-Fernbedienung eindrückte. Pavlos hatte eher den Eindruck, dass Horstl mit seinem Daumen darauf geradezu einhämmerte. Sein sorgenzerfurchtes Gesicht wollte nicht von einer ängstlichen Blässe ablassen und die Starrrichtung seiner Augen veränderte sich auch nicht.

Jetzt schauten alle zur Mitte der Schrankwand hin. Und tatsächlich. Da hatte sich anscheinend wirklich etwas zugetragen. In der Mitte der Schrankwand lag die Station des großen, eingepassten Fernsehers. Pavlos sagte dazu immer Verlies, aber heute wollte er nicht mit diesem Thema kommen. Instinktiv spürte er, dass Horstl gerade nicht gut drauf war. Hinzu kam, die Schrankwand hatte schon einige Jahre auf dem Buckel und als sie damals von einem Architekten entworfen wurde, gab es solche großen Fernsehgeräte noch nicht. Demzufolge konnte niemand außer Horstl zur Verantwortung gezogen werden. Es war auch nicht bekannt, ob der Architekt noch praktizierte auf seinem Gebiet. Vielleicht hatte er ja schon das Zeitliche gesegnet?

Letztendlich spielte das alles keine Rolle zurzeit. Das Verlies für den Fernseher, besser gesagt die Unterbringung für den neuen Serano 5003 mit seiner High-Screen-Flach-Auflösung und mit seinen unglaublichen 300 Megahertz ausgestattet, war nicht einfach zu bedienen. Horstl verlangte respektvolles Umgehen mit seiner Schrankwand und mit diesem Wunderwerk an Technik. Der Fahrplan lautete, wie folgt:

Wenn der Fernseher benutzt werden wollte, dann hatte man als Allererstes die majestätischen Flügeltüren jeweils nach rechts und links auf zu schwenken, um sie dann in sich zusammen falten zu können. Danach musste man den großen Bruder, welcher auf einem ausziehbaren Metalltisch stand, rausziehen bis zum Anschlag. Denn nur so war die Zufuhr an Frischluft gesichert. Auf wertschätzendes Verhalten wurde besonders großer Wert gelegt, bei allen Aktionen mit der Schrankwand und dem Fernseher. Es war verboten, den Fernseher mit fettigen Fingern zu berühren, oder mit anderen schmierigen Sachen in Kontakt zu bringen. Nach dem Genuss des neuen Fernsehers war darauf zu achten, ihn möglichst wieder nach dem Ausschalten in seine Ausgangsposition zu bringen. Und natürlich durften die Flügeltüren nicht vergessen werden. Diese Türen hatten den neuen Fernseher vollständig einzuschließen.

»Na erzähl doch mal. Was hast du denn gemacht?«, fragte Veri mit zärtlichem Ton, wie nur eine Frau fragen konnte – und ein Mann war verdonnert, Rede und Antwort zu stehen, auch wenn er es gar nicht wollte.

Horstl: »Ich habe gar nichts gemacht! Wollte Fernsehen gucken ... Guckte Fernsehen ... Machte es mir hier gemütlich und auf einmal passierte eine Katastrophe ... Eine absolute Katastrophe ...! Der Serano stürzte kopfüber raus aus dem Fernsehabteil, einfach so, ohne Warnung, als wollte er Selbstmord begehen ... Da liegt er jetzt und sagt keinen Piep mehr ... Nichts!«

Der neue Fernseher Serano war zu dieser Zeit das absolute Heiligtum von Horstl. Dieses Gerät justierte die Maßstäbe für hoch technisiertes Verständnis neu innerhalb der Gesellschaft, und er war ein blitzsauberer, funkelnder Stern am Horizont. Hell und grell, wie kein anderer Stern, leuchtete er.

Horstl konnte sich rühmen, einer der wenigen Besitzer dieses Wunders zu sein, und viele Kollegen aus seinem Betrieb neideten es ihm, was ihn nur noch stolzer werden ließ darüber. Besitzer eines Juwels, das machte ihn froh und zufrieden. Selbst sein Abteilungsleiter schaute mit großen Augen und wurde ganz freundlich zu ihm.

Horstl setzte sich jetzt auf und fing an, seine Haare zu raufen. Dann hielt er seine Hände vor sein Gesicht und fing an, in sich hinein zu jammern.

Horstl ganz leise: »Es ist zum Mäusemelken.«

Pavlos konnte seine Trauer gut verstehen. Er dachte, so in etwa müssten jetzt seine Gedanken sein, Horstls erdachte Gedanken, erdacht von Pavlos: »O Mann! Schande! Was hast du da nur wieder gemacht! Was sollen die Kollegen denken? ... Was ein Statusverlust ... die werden sich vor Freude auf die Schenkel schlagen und dann werden sie einen darauf heben ... ganz sicher ... mich machen die zum Gespött aller Zeiten!«

Da blieb eigentlich nur eine Lösung übrig. Serano musste wieder auferstehen! Sobald wie möglich. Pavlos wusste jetzt schon, dass der Apparat neu angeschafft wurde. Das Intermezzo würde zur Todsünde erklärt werden und musste für immer totgeschwiegen sein und niemand dürfte davon erfahren. Die zwangsläufigen Mitwisser müssten einen Schwur ablegen darüber und versichern, bei ihrem Leben, dass sie niemanden von der Sache erzählen würden.

Genauso hätte Horstl seine Modifikationen an seiner Schrankwand neu zu überdenken und hier und da Verbesserungen anzubringen.

Brunhilde und Veri gackerten lauthals los. Ohne Rücksicht zu nehmen auf den gestraften Horstl. Es donnerte aus ihnen raus. Ihr schepperndes Lachen ließ den Kronleuchter mitwippen im Raum. Pavlos entdeckte dabei eine neue Qualität an Brunhilde und damit machte sie sich noch interessanter, als sie ohnehin schon war. Er erkannte, dass sie ihr Lachen von den Knien an hochzog, mit ekstatischer Wonne, um es dann vollmundig auszuspeien. In all der Zeit mit Horstl hielten Brunhilde und Pavlos Händchen miteinander. Pavlos führte ihre glühende Hand zu seinem Mund und küsste sie inbrünstig mit tiefer Leidenschaft. Sein Blick wanderte zur Decke des Raumes. Ein entspanntes und breites Lächeln lag ihm in seinem Gesicht. In seinem Kopf wechselten sich aufregende Bilder ab:

Da war Horstl. Er sah ihn, wie Horstl am Essenstisch saß zum Abendessen und nichts aß, weil er an Verstopfung erkrankt war. Seit mindestens einer Woche. Das hatte an dem schweren, monetären Loch gelegen, welches Serano in die gemeinsame Kasse von Horstl und Veri gerissen hatte. Und Pavlos sah Veri. Wie sie wegen Horstl vor lauter Sorgen und Kummer nur noch Haut und Knochen war. Weil sie mit Horstl Mitleid hatte und deswegen nichts aß.

Pavlos sah sich selber mit Brunhilde. Zusammen lagen sie auf der Terrasse eines Luxusdampfers. Sie cremte ihn gerade mit Sonnenmilch ein und er hatte das schon mit ihr vorher gemacht. Nach dem Sonnenbaden würden sie dann, endlich, in ihre Suite gehen, die nur für Grafen da war, um miteinander große Liebe zu machen. Liebe mit Brunhilde. Das war das Größte für Pavlos. Die Kosten für all das übernahmen Horstl und Veri. Pavlos glaubte jetzt nicht mehr daran, dass die beiden sich jemals von diesem Schicksalsschlag erholen würden. Wenn die beiden es eh nicht mehr packten, dann konnten sie auch genauso gut ihr Geld gleich Pavlos geben. Er und Brunhilde hätten das Richtige damit gemacht und zusammen hätten sie schon gewusst, wie man das Geld durchbringt.
Und dann sah er Raubritter. Wie er, wie in seinen besten Tagen, einen Plan erdachte, um Serano zur Strecke zu bringen.

Pavlos in Gedanken: »Das war der Geist von Raubritter.«

Nur Raubritter wäre für solch eine Glanztat infrage gekommen. Dieses minutiöse Austeilen von Handlungsabläufen und Erdenken von verschiedenen Zeiträumen für den jeweiligen angesagten Ablauf einer Folge. Das konnte in dieser Familie nur Raubritter.

Berg

Wenn man erst mal angefangen hat, einen Berg zu besteigen, dann stellt man irgendwann fest, dass man noch *lange* nicht oben ist.

Sommernachmittag

In seiner Hand eine Zigarette und ein selbst gemixter Havanna Limette, natürlich in einem Cocktailglas. Das machte ihn stolz und glücklich. Zwei wichtige Dinge in seinem Leben, neben anderen wichtigen Dingen. Jetzt hatte er eine Hand frei, um sich ganz der alten Schallplatte von seinem Lieblingsonkel zu widmen. Einmal mehr musste er sich dafür selber gratulieren und vor seinem inneren Auge sah er sich, wie er sich selber umarmte und lieb streichelte.

Er liebte diese alten Platten von seinem Onkel Hans und er liebte diese gesamte Stereoanlage, die ihm Hans vermacht hatte. Dazu vermachte er ihm auch das geniale, passende Stereoanlagenregal und ein echtes Lammfell, welches vor dem Regal zu liegen hatte, damit man entspannt davor liegen konnte, wenn die Musik lief. Und nicht zu vergessen, dieser megascharfe Kopfhörer.

Die meisten Platten, sowie das Lammfell, hatte Hans mit der Zeit gesammelt, als er auf seiner Weltreise war. Das machte man früher so. Das schien was ganz Normales zu sein.

Er liebte diese alten Platten. Viele Schlüssel zum Glück. In Gedanken versunken lauschte er den Klängen, die durch den Raum schallten. Der Schall erzählte von besseren Zeiten und von intensiven Gefühlen, die Ausdruck verlangten. Er führte seinen Havanna Limette zum Mund und nahm einen Schluck davon. Dann schaute er in sich hinein. Sein Blick zum Horizont gerichtet, konzentrierte er sich auf sein inneres Gefühl: Alles war gerade gut.

Seine Gedanken fielen auf die drehende Platte vom Plattenteller. Sie gehörte zu einer Doppel-LP. Und dieses Album erwies sich als perfekte, in sich geschlossene, Poesie. Er liebte dieses Album. Das war sprudelnder Lebensgeist voller Humanität und Zuversicht. Das gab ihm den richtigen Schwung und den richtigen Mut für Liebe und Frieden. Für ihn lohnende Ziele.

Das Letzte, was er von Hans hörte, war, dass er aus seinem Fenster sprang.

Hans, das war ein richtiger Draufgänger. Schon immer gewesen in seinem Leben. Keine Prügelei ließ er aus und da waren viele Frauen um ihn herum gewesen, die ihn liebten. Dafür liebte er ihn. Als Junge verbrachte er viel in der Nähe von Hans. Gerade wenn Hans mit einer Frau zusammen hockte und irgendetwas mit ihr machte. Später wollte er mal so sein wie Hans. Viele Frauen kennen und mit ihnen Spaß haben und Zeit verbringen, wie Hans.

Jetzt drehte er am Lautstärkeregler vom Verstärker, um die Musik etwas lauter zu haben. Das machte nichts aus, denn er hatte keine Nachbarn hier im Dach eines alten Mietshauses, welches in seiner über alles geliebten Stadt Berlin lag. Berlin im Sommer. Es gab für ihn keinen schöneren Ort, als hier die Hitze des Lebens aufzusaugen mit all seinen facettenreichen Spielereien. Die Musik klang jetzt etwas lauter und nun konnte er sich aufmachen, aus seinem Fenster zu klettern. Das stellte sich gar nicht so einfach an, wenn man nur eine Hand dafür frei hatte. Es war ein warmer, sonniger Spätsommernachmittag. Die Luft beschaffen mit seidiger Fülle.

Hier oben konnte frei geatmet werden, denn der ganze Dunst schien sich da unten aufzuhalten. Und was ihm besonders gefiel im Moment, das war diese aufgeladene Seidenluft, angereichert mit seiner Musik, wie sie vor Freude tanzte.

Auf dem Dach suchte er sich einen gemütlichen Platz zum Hinsetzen. Einen Platz, von dem aus sich die Straße ruhig überschauen ließ. Natürlich wollte er nicht nur die Straße sehen, sondern auch die vielen anderen Mietskasernen bis zum Horizont. Der tiefblaue Himmel und die Sonne.

Und dann gab es Geklapper und Gestampfe zu hören. Ihm fiel ein, dass hinter seinem Haus gerade Maurer und Zimmerleute ein altes Gebäude neu herstellten. Die Ziegel, auf denen er saß, spendeten Wärme und belegten damit – als wenn es sich um ein Zeugnis handeln würde für diesen Tag – die Aufrichtigkeit seiner Empfindungen. Er liebte es, an so einem Tag mit seinen Blick über diese Stadt zu ziehen, um hier und da typische Eindrücke, wie sie nur hier sein konnten, auf sich einwirken zu lassen. Die vielen Fenster, hinter denen sich Menschen auslebten und ihr individuelles Chaos farbenfroh hegten.

Jetzt lag ein Geruch von Schmorbraten in der Luft und er musste daran denken, dass Schmorbraten schon lange nicht mehr auf seinem Essenstisch gewesen war. Schmorbraten mit Kartoffeln und Rotkohl, und da darüber *die eigene Bratensoße gegossen*. Ihm lief das Wasser im

Mund zusammen. Zu diesem Schmorbratengeruch kam der Geruch von verbranntem Benzin hinzu. Das brachte seine Aufmerksamkeit auf die belebte Straße zurück, in der er lebte.

Sein Drink und seine Zigarette hatten sich schon lange von ihm verabschiedet und er dachte darüber nach zurück zu gehen, um sich neue Sachen davon zu holen, aber irgendwie saß es sich gerade wunderbar hier. Seine Musik rockte gut ab durch das Fenster. Er blickte nach unten auf die Straße und sah sie, seine angebetete Frau, wie sie zu ihm rauf winkte. Anscheinend konnte sie Gedanken lesen, denn sie wusste immer besser, was mit ihm los ist, je mehr Zeit er mit ihr verbrachte. Das schien sowieso eine merkwürdige Angelegenheit zu sein mit den Frauen.

Als Kind liebte er Zukunftsromane und irgendwann entwickelte er eine bahnbrechende These: Frauen sind außerirdische Wesen. Von einem anderen Planeten. Und sie sind hier, weil es nur hier Männer gibt. So wie es aussieht, gibt es in der ganzen Galaxis und im übrigen Universum keine Männer. Sein Lieblingsautor hatte einmal geschrieben, dass Frauen sich von anderen Dingen ernähren als Männer sich ernähren. Dieser geniale Autor war der Überzeugung gewesen, dass Frauen sich von den Gefühlen der Männer ernähren. Und darum würden sie alles tun, um Liebe zu bekommen.

Er sah, wie seine Freundin im Hauseingang seines Hauses verschwand. So wie sie war, liebte er sie. Egal wie sie drauf war. Wichtig für ihn war nur, dass sie an ihn dachte und sich um ihn sorgte. Ansonsten konnte sie machen, was sie wollte, denn sie war frei und wild und sie musste ihr eigenes Leben gestalten.

Nach einer gewissen Zeit kam sie durch das Fenster geklettert. Sie griff nochmal nach zur Fensterbank und zauberte ein Tablett bestückt mit Drinks und Knabberkram raus. Dann endlich kam sie mit dem Kram zu ihm. Gemeinsam machten sie sich lang auf dem erwärmten Dach. Genossen Drinks, rauchten ihre Zigaretten, knabberten und erzählten sich was.

Die Sonne stand jetzt ziemlich am Horizont und bald würde sie dahinter verschwunden sein. Er wusste, wenn die Sonne gegangen war, dann würden sie reingehen und große Liebe machen.

Chance

Zu Sein gestrandet. Wie ein Fisch auf dem trockenen Strand. Darauf warten, dass der Sand, heiß wie die Wüste, einem das Liquid rausdampft.

Aber die Hoffnung!

Darauf hoffen, dass eine Flut kommen wird. Mit Donner und rauschenden Wellen.

Eine Flut will kommen und plötzlich, im Brennpunkt, das Leben pulsiert aufs Neue und ist stärker geworden.

Eine Welle, wie sie noch nie zuvor gekannt, baut sich vor einem auf und ihre Steilwand ragt majestätisch in den blauen Himmel hinein.

Diese Welle reite!

Diese Welle wird erklommen sein und ihre Wand garantiert eine Art des Bewegens, wie es vorher nicht möglich war.

Chance ...

Eskapaden zweier Männer

Am Nachmittag kam Alfred zu Acimòs an den runden Tisch. Acimòs war der Besitzer des Cafés Zum Guten Hirten. Alfred kannte ihn schon aus vergangenen Tagen, als die beiden noch in der Fremdenlegion stramm standen und mit dem Fallschirm aus einem Flieger sprangen. Jetzt, im Sommer, trafen sie sich jeden Nachmittag auf der Terrasse vom Café, um sich ihrem Lieblingshobby zu widmen. Beide erzählten sich gegenseitig Geschichten, welche sie jeweils in ihrem Leben erlebten, und spielten dazu Punto Banco bis in die Nacht.

Das Wetter meinte es gut mit ihnen. Die warmen Sonnenstrahlen durchfluteten den ganzen Tag schon alles, was auf der Erde weilte und die Temperatur war auch nicht mehr so heftig wie am Mittag. Am Horizont zeichneten sich entlang vereinzelte Wattewölkchen ab. Die sahen aus wie Schafe und benahmen sich so. Sie bewegten sich hintereinander her und liefen ihren Trott an der Himmelslinie.

Über den beiden Spielern thronte der blaue Himmel. Die Sonne bewegte sich auch schon dem Horizont sehr nahe und, wenn man genau hinguckte, dann waren einzelne Sterne zu erkennen.

Die Kellnerin, eine Studentin mit keckem Lächeln, kam und servierte ihnen zwei Flaschen Wein aus der nahen Region. Sie stellte die Flaschen mit zwei wunderschönen

Weingläsern hin auf ihren Tisch. Sie ging zurück in die Küche und kam wieder, mit Baguette und unterschiedlichen Käsestücken auf ihrem Tablett. Als alles davon abgeliefert war, zog sie weiter und ging zu anderen Tischen. Alfred machte sich über den Wein her und ließ ihn in die Gläser laufen. Acimòs brach das Brot und kostete eine Käseecke damit. Beide nahmen ihre vollen Gläser zur Hand, toasteten sich zu und tranken von diesem vorzüglichen Wein. Acimòs schaute zum Himmel und nachdenklich blinzelten seine Augen. Dann erhob er seine Stimme und fing an zu erzählen. Von einem Schafhirten, einem irischen Schafhirten, welcher mit seinen Schafen und seiner Frau eine komische Sache erlebte.

Acimòs Geschichte:

»Da gibt es so einen Landstrich in Irland. Wenn du da im Sommer wandern gehst, dann wirst du nur Weiden, Wiesen und kleines Gestrüpp vorfinden, so weit dein Auge reicht.

Wenn der Himmel einmal ganz blau erscheint, ohne Wolken, dann gibt es nur zwei Farben. Natürlich, mit den Sonnenstrahlen sind es dann drei Farben. Grün und Blau, soweit du gucken kannst. Und manchmal kam es mir so vor, als wenn der Himmel kopfsteht. Du weißt, alte Fallschirmspringer Einbildung. Egal. Jedenfalls hast du den Eindruck, als wenn alles geflutet wurde mit grünen Gräsern. Die Masse bringt's, sag ich dir.

Ich war da einmal mit meiner letzten Frau gewesen und eigentlich wollten wir so richtig ausspannen und nichts, aber auch gar nichts, von der Welt wissen oder hören. Na ja, du kennst das ja. Immer wenn man von gar nichts berührt werden will, dann kommt alles auf dich zu. Die ganze Welt steht Schlange, nur weil sie dir unbedingt was erzählen will. Also, auf so einer Landebene begegnete mir ein Schafhirte und, wie das immer so ist, kamen wir ins Plaudern und irgendwann erzählte er mir eine haarsträubende Geschichte, die ihm selber passiert war.

Vor zwei oder drei Wintern war das alles geschehen. Auf so einer Landebene lebten der Schäfer und seine Frau. Sie dachten, sie hätten schon alles erlebt mit Schafen, aber Pustekuchen. Was ihre Schafe anging, so hatten sie noch einiges dazuzulernen.

Du musst dir vorstellen, es war Winter. So einer, der unangenehm in die Knochen fuhr mit seiner kalten, feuchten Laune. Und dann war da auch noch so'n Windgefege, wie es bloß sein soll im Winter, wenn alles vereist ist und das ganze Land spiegelglatt erscheint, von Horizont zu Horizont. Wenn du nicht aufpasst, dann fegt dich so'n Wind über das Land und du weißt nicht mehr, wo oben und unten ist.

An einem Wintertag, an einem nachher ganz besonderen Wintertag, passierte Folgendes. Vielleicht sollte ich vorher noch anmerken, wie die beiden da draußen in der Prärie lebten. Mit den Schafen. Sie hatten ihre Behausung in so einem kleinen Einzimmerhäuschen, welches aus Holz zusammen genagelt wurde vom Schäfer, als sie jung und frisch gerade verheiratet waren. Das soll weniger schlimm sein als anzunehmen, wenn man im Winter da draußen leben muss, in so einem Kabuff. Im Winter kann der Schnee genutzt werden als Dämmung gegen die Kälte. Jedoch sollte darauf geachtet werden, dass die Holzwände von außen mit Dachpappe versehen sind, bevor der Schnee dagegen aufgetürmt wird. Zurück zu den

Schafen. Also, die Schafe lebten neben diesem Kabuff in einem provisorischen Stall aus Holz. Ist auch vom Schäfer zusammen genagelt worden.

Zu diesem besagten, besonderen Wintertag. Also, es war extrem kalt an diesem besagten Tag. Die Landschaft war zu diesem Zeitpunkt eine einzige Schneewüste gewesen. Das Häuschen war begraben unter einer Masse Schnee und nur das Schornsteinrohr konnte man von draußen erkennen, wenn man da draußen zu Gange gewesen war. Im Winter raucht so was natürlich den ganzen Tag.

An jenem Morgen jedenfalls hatten die Schafe anscheinend beschlossen gehabt, das Häuschen der beiden zu stürmen. Diesen armen Schafen musste wirklich kalt gewesen sein. So etwas hatte ich noch nie gehört in meinem Leben. Na ja, also, wo war ich stehen geblieben?

Ach ja. Denen musste wirklich kalt gewesen sein. Na ja, sonst hätten sie so eine Verzweiflungstat nicht verübt. Musste nicht gerade gemütlich hergegangen sein, in dem Stall. In diesem kleinen Häuschen, an dem Morgen, war die Frau zu Gange wie immer mit dem Ofen. Sie heizte ihm ordentlich ein und versuchte, einen großen Topf beladen mit Schnee zu erwärmen. Das resultierende Wasser sollte für die morgendliche Wäsche dienen und für den Kaffee. Der Schäfer lag noch im Bett und wartete darauf, bis seine Frau soweit war, damit er sich dann in diesem kleinen Kabuff waschen konnte.

Der Ofen soll gut abgebullert haben. Wurde mir jedenfalls so gesagt. Es ist verdammt wichtig einen gut funktionierenden Ofen zu haben. Das glaube ich auch. Gerade wenn man so weit draußen lebt.

Na ja. Am besten sind Kienäppel. Wurde mir so gesagt. Die kann man im Sommer sammeln gehen oder, wenn diese Dinger gerade auf der Erde liegen. Wenn man sich einen Vorrat davon anlegen will, dann lohnt es sich, mit dem Traktor und einem Hänger loszuziehen und die Dinger einzusammeln.

Na ja. Der Schäfer lag also noch im Bett und hatte selig geschlafen, als es passierte. Die Schafe rannten die Eingangstür des Kabuffs ein und begannen damit, in das Haus einzudringen.

Du musst dir das vorstellen. Alle Schafe wollten in die gute, beheizte Stube reinkommen und Wärme tanken. Schafe. Na ja. Da sollen sich dabei Dramen abgespielt haben. Mehrfache Dramen. So wurde mir berichtet vom Schäfer, der das hautnah miterleben musste. Da entstanden Drängeleien und Rumgeschiebe. Hin und her. Die Schafe quetschten sich und mancher Orts stapelten sie sich bei diesem entstandenen Gedrängel.

Die Schäfersfrau wusste absolut nicht, wie ihr geschieht. Sie konnte überhaupt nicht so schnell reagieren. Sie wurde von den drängelnden Schafen an eine nahe Wand vom Kabuff geschoben und war so eingekeilt gewesen von den Schafen, dass sie angeblich nicht mal mehr Piep sagen konnte. Der Schäfer wurde dabei aus dem Bett gedrängelt und landete auf dem kalten Boden. Mit drei Schafen auf seinem Schoß. Die ganze Bude soll vor lauter Schafen gerammelt voll gewesen sein. So wurde mir berichtet. Irgendwie musste das alles zu eng gewesen sein, für so viele Schafe und die überrumpelten, ahnungslosen Leute.

Zwei von den Schafen mussten wohl sehr nahe an dem Ofen gestanden haben. Vielleicht wärmten sich zwei

Schafe, so berichtete mir der Schäfer das, ihre verfrorenen Hinterteile daran? Jedenfalls hatten zwei Schafe angefangen zu kokeln. Aus heiterem Himmel entstand Rauch. Und es roch nach verbranntem Schafsfell. Jedenfalls, mit der Zeit fingen zwei Schafe an zu brennen. Mitten im Kabuff! Du denkst an nichts Schlimmes und dann wirst du von deinen eigenen Schafen überfallen. Einfach so. Und das auch noch am Morgen. Was für eine Welt. Im Handumdrehen soll das Kabuff voller Rauch gewesen sein und die Schafe konnten sich dabei nicht mehr so gut sehen. So erzählte mir der Schäfer das. Die Schafe wurden deswegen unruhig und fingen an zu trampeln. Unruhe machte sich breit und es kam, wie es kommen musste. Die Schafe bekamen mit, dass zwei ihrer Verwandten dabei waren, abzufackeln. Jedenfalls könnte das zur allgemeinen Panik geführt haben unter den Schafen. Alle Schafe wollten plötzlich wieder raus ins Freie.

Jedenfalls wollten alle Schafe plötzlich wieder raus. Du kannst dir sicherlich vorstellen, dass das einen großen Tumult ergab. Unter den Schafen soll eine wirkliche Hysterie ausgebrochen sein. So wurde es mir berichtet. Alle Schafe versuchten wieder den Eingang, jetzt Ausgang, zu erreichen. Und es soll ein irrsinniges Getrampel stattgefunden haben.

Noch ein paar Schafe mehr mussten wohl dabei den Ofen berührt haben. Irgendwie so. Der große Topf mit dem Schnee. Mittlerweile war der Schnee zu Wasser geworden. Kam ins Rutschen und Taumeln und ergoss sich auf die brennenden Schafe. Der Schäfer konnte das nicht sehen, denn er saß ja auf dem Boden. Aber seine Frau konnte das sehen. Sie erzählte es ihm später. Ein Schaf soll dabei sofort gelöscht worden sein. So erzählte es der

Schäfer und er hatte es erfahren von seiner Frau. Und das andere, brennende Schaf wurde nur teilweise abgelöscht. Es kokelte nach wie vor weiter. Das rauchende Schaf soll das letzte Schaf gewesen sein, welches es geschafft hatte, sich aus dem Kabuff raus zu kämpfen.

O Mann. Das muss ein Riesendesaster ergeben haben?

Der Schäfer, der noch vor einer Viertelstunde vorher selig geschlafen hatte, saß auf dem kalten Boden, fror sich seinen Hintern ab und verstand die Welt nicht mehr. Er meinte zu mir, dass er dabei nur noch verzweifelt seine Frau angucken konnte. Aber. Sie konnte auch nur fragend zurück gucken. Ach ja. Und sie soll dabei mit ihren Schultern gezuckt haben.

Nachdem sich der Schäfer gesammelt hatte, schlüpfte er in seine Winterstiefel, warf sich seinen Wintermantel um und stapfte aus dem Kabuff raus. Er wollte die fliehenden Schafe sehen, wie sie ab in die Prärie sausten. Seine selbst geschnitzte Tür konnte er vergessen. Die war platt und breitgetreten worden von den Schafen. Die Tür konnte nur noch lose in den Eingang vom Kabuff gestellt werden. Seine Frau kümmerte sich erst mal um den Ofen und versuchte, ihn in Gang zu kriegen. Ach ja. Es soll dann insgesamt zwei Tage gebraucht haben, alle Schafe wieder einzusammeln. Selbst die verbrannten Schafe konnten wieder eingesammelt werden. Die wurden geschoren und bekamen alte Pullover vom Schäfer übergezogen. So wurde es mir berichtet. Eine Welt ist das?«

Alfred: »Ha, Ha, Ha, Ha! Eine wunderschöne Geschichte ist das! Oje, das erinnert mich an Helena. Meine erste Frau ... Oh, Helena. Wir waren jung und hatten den Kopf voller Flausen. Die Welt gehörte uns und wir sorgten uns um gar nichts.«

Alfred nahm einen Schluck vom Wein, dann erzählte er seine Geschichte:

»Helena und ich waren auch mal in Irland gewesen ... Wir waren jung und gedankenlos. Die Welt gehörte uns. Wie das so war ... Helena und ich, wir kamen auf die Idee, Weihnachten in Irland zu verbringen ... Wir waren jung, musst du wissen und wir machten uns keine Gedanken. Warum auch ... Ach ... Weihnachten in Irland. Wir suchten uns ein kleines Städtchen aus, so'n richtiges Kaff. Helena hatte es ausgesucht und wie immer, hatte sie Geschmack bewiesen. Das war schön anzusehen und die Leute waren herzensgut und es passte einfach alles. Helena ... Was sie auch anstellte: Es ging immer gut. Wir machten uns einen absoluten Jux daraus.

Als wir da ankamen, fanden wir Unterschlupf bei einer Familie, die in einem Haus am Rande des Städtchens wohnte. Und diese Familie nahm uns sofort auf. Zusammen redeten wir alle viel und halfen uns gegenseitig mit den alltäglichen Dingen. Der Familienvater betrieb einen Kohlenhandel und war damit beschädigt, den ganzen Tag lang Kohlen auszuliefern. Es war sehr kalt zu dieser Zeit und die Leute wollten nicht frieren. Du kannst dir sicherlich vorstellen, dass da eine Menge los war. Ich half dem Familienvater und zusammen schleppten wir die Kohlen in die Häuser der anderen Leute und, wenn es sein musste, bis in den vierten Stock einer Mietskaserne. Helena langweilte sich nicht. O nein. Sie ging voll auf mit ihrer Beschäftigung.

Den ganzen Tag war sie mit den Kindern zusammen und der Mutter. Zusammen machten sie viel im Haus. Backten Kekse, Kuchen und fabrizierten allen möglichen Süßkram und machten das Essen für alle. Zum Glück hatte die Familie den gleichen Geschmack wie ich und es gab jeden Tag eine Scheibe Fleisch für jeden. Helena war Vegetarierin wie die Familienmutter, aber das war nicht weiter schlimm. Sie kam damit zurecht, mit meinen Essgewohnheiten. Ach Helena ... Sie liebte Kinder über alles. Und die größte Freude hatte sie mit dem jüngsten Kind. Das war noch ein Baby. Das Baby und Helena waren unzertrennlich gewesen. Manchmal drückte sie mir das Baby in den Arm und dann machte sie Fotos von dem Baby und mir. Ich und das Baby.

Wie gesagt. Wir waren jung und machten uns einen Jux aus unserem Leben. Helena färbte sich irgendwann ihre langen Haare mit Henna dunkelrot und trug nur noch lange Kleider. Und sie schminkte sich nicht mehr.

Und was machte ich? Ich machte das Gleiche mit meinen Haaren und ließ meinen Bart wachsen. Mein Bart hat schon immer einen rötlichen Schimmer gehabt. Das sah echt natürlich aus so. Meine roten Haare und ich. Ich fing damit an, nur noch Pullover aus Schafwolle zu tragen. Das war bequem und ließ sich vereinbaren mit der täglichen Arbeit. Jeans und Pullover. Ach ja, und Winterstiefel.

Helena und ich. Wir gingen jeden Abend aus und machten die Nacht zum hell erleuchteten Tag. Der Familienvater hatte uns eine extrem gute Gaststätte empfohlen. Dort hatte er seine Frau kennen gelernt. Und das Ergebnis konnten wir jeden Tag sehen. Es wuselte immer um uns herum. Das war ein Laden, sag ich dir. Die Hausband spielte irische Folklore und der halbe Laden tanzte dazu. Da war's immer voll gewesen. Das Bier floss in großen Mengen aus den Zapfanlagen und zu essen gab es reichlich viel Allerlei.

Die Band war nicht unbedingt gut, aber sie spielte mit einem Herzen und einer Seele. Und das machte es ... Der ganze Laden schwang mit und alle Herzen schlugen im gleichen Rhythmus. Ich weiß noch, wie Helena es mochte, zu tanzen in diesem Laden. Helena hatte ihr schönes, langes Haar geflochten und sie strahlte glücklich über beide Ohren. Ihre Hände packten mich und zogen an mir rum. Es handelte sich immer um das gleiche Ritual. Dann zog sie mich auf die Tanzfläche zum Tanzen. Wir tanzten all die Nächte durch. Ich habe nie wieder so viel getanzt, in meinem Leben. Die Zeit hörte auf zu existieren und wir waren frei.«

Acimòs spürte, dass Alfred ergriffen war von seinen Erinnerungen an seine erste Frau. Darum ergriff er die Initiative, um Alfred abzulenken.

Acimòs: »He, Alfred ... Trink noch'n Schluck Wein ... Der ist echt gut. Dabei fällt mir eine komische Geschichte ein. Pass auf.«

Acimòs fing an und erzählte seine Geschichte.

»Du musst wissen. Ich war noch jung und naiv zu dieser Zeit und ließ mich von vielen Dingen schwer beeindrucken. Wie das immer so ist im Leben. Ein damaliger Freund von mir kam eines Tages zu mir und heulte mir die Ohren voll. Er erzählte, dass er eine wunderschöne Frau kennen gelernt hatte in seinem Urlaub. Und er muss sie unbedingt wiedersehen. Da gibt es keine Entschuldi-

gung fürs Kneifen. Na ja ... Wie ich zu der Zeit drauf war
... naiv und unschuldig in meinem Verhalten ... bot ich
ihm meine Hilfe an. Du musst wissen. Er war der Überzeugung, dass er sie geschwängert hatte, und er wollte sie
und das Baby, seinen Sohn, für immer behalten. Hinzu
kam die Schwierigkeit ... er hatte seinen Führerschein
wegen Suff am Steuer verloren und als das passierte, passierte das in Verbindung damit, dass er dabei sein Auto
vollständig zerschoss. Aber das ist eine andere Geschichte. Die muss er selbst erzählen.

Nun, ich bot ihm meine Hilfe an. Ich hatte zu diesem
Zeitpunkt zwar einen Führerschein, aber kein Auto.
Mein Auto wurde von einem anderen Freund von mir
zerschossen. Ein Motorradfahrer, der mein Auto brauchte für ein Wochenende. Wegen seiner geliebten Frau. So
erzählte er es mir. Aber. Das ist eine andere Geschichte,
die will ich jetzt nicht erzählen.

Der zerschoss einfach mein Auto. Dieser Mistkerl.
Weist du, ich saß da am Sonntag, am Abend, vor meinem
Fernseher und machte es mir so richtig gemütlich. Ich
dachte dabei an nur gute Dinge. Plötzlich klingelte das
Telefon und wer war dran? Und weist du, was er mich
fragte? ›Ist die Polizei da?‹ Geht's noch? Aber egal. Wo
war ich stehen geblieben? ... Hm ... ach ja. Wir einigten
uns darauf, dass wir zusammen ein Auto mieten wollten,
und ich hätte den Wagen zu fahren. Na ja, gesagt, getan.
Dann erfuhr ich, dass seine Angebetete in Norwegen
wohnte, und wir müssten da hin. Genauer gesagt lebte sie
zu der Zeit in einem kleinen Städtchen neben Oslo. Ein
kleines Städtchen neben Oslo ...

Im Grunde war in der Sache der Wurm drin, und das
von Anfang an. Als wir den Mietwagen abholten, zu der

Zeit war das ein modernes Auto und das Ding hatte erst fünftausend Kilometer runter, stellten wir mit der Zeit fest, dass komische Geräusche aus dem Motorraum kamen. Aber unseren Optimismus konnte letztendlich nichts bremsen. Wir wollten nach Norwegen. Ich wollte es. Heute weiß ich echt nicht mehr, was mich geritten hatte. Egal. Ich denke mal, es ging um Abenteuer.

Ohne weiter den Geräuschen nach zu gehen, fuhren wir in der Nacht los. Wir waren der Meinung, dass das der bessere Moment sei, um aufzubrechen. Abenteuerlust. Garantiert. Wir fuhren leere Autobahnen ab. Es stimmte. Nachts waren die Autobahnen so gut wie gefegt. Außer die LKWs. Aber. Die sind immer da und fahren auf ihrer Spur schön hintereinander. O Mann. Wir wussten, dass wir um neun Uhr in der Frühe in der nördlichsten Spitze von Dänemark sein mussten. Denn da würde unsere Fähre ablegen und uns nach Norwegen bringen. Genauer gesagt würde sie uns direkt nach Oslo bringen, und von dort aus gesehen wäre es nur noch ein Katzensprung zu diesem Städtchen. Eigentlich eine ideale Sache. Darum holte ich alles an Geschwindigkeit raus, was in der Karre drinsteckte.

Jedoch tat sich dabei ein Phänomen auf. Der fünfte Gang sprang einfach raus. Und das Immer wieder. Er sprang nicht gleich raus, musst du wissen, sondern ließ sich damit Zeit. Ich merkte es daran, dass beim auf die Tube Drücken der Wagen an Geschwindigkeit verlor. Egal, wir dachten uns nichts dabei und ich fuhr eben nur mit dem vierten Gang weiter und holte alles raus. Irgendwann, mitten in der Nacht, kamen wir in Dänemark an und natürlich brauchten wir Benzin. Die nächste Tankstelle war, nach dem Autobahnschild folgend, zwanzig

Kilometer entfernt. Als wir da ankamen, mussten wir feststellen, dass für uns kein Benzin mehr übrig gelassen wurde. Ein Tanklaster wollte aber um acht Uhr kommen, so wurde uns gesagt, ha, ha. Und die nächste Tankstelle lag ungefähr 35 Kilometer im Landesinneren entfernt. Dreimal darfst du raten, was wir gemacht hatten. Wir machten uns auf, diese Tankstelle zu finden. Nie wieder erlebte ich es, ein Auto an Benzin so leer zu fahren, wie dieses Ding. Wir fuhren mit heißer Luft, anders konnte ich mir die Sache nicht erklären. Da angekommen, fanden wir alle Zapfsäulen und auch die Zapfsäule für unser Auto. Jedoch handelte es sich dabei um eine menschenleere Tankstelle und die Zapfsäulen wollten erst Geld haben, bevor sie Benzin von sich ließen. Was meinst du? Hatten wir vorher Geld gewechselt? ... Ja!

Das rettete uns in dieser dunklen und kalten Nacht. Die menschenleere Tankstelle war nicht einmal beleuchtet. Kein Licht, und kein Mensch ließ sich da blicken, außer uns. Das war eine Sache, sage ich dir. Irgendwie schien das der Knackpunkt zu sein. Hätten wir diese Sache nicht überstanden und hätten wir kein Benzin bekommen, dann wäre alles aus gewesen und wir hätten uns aufgemacht, um nach Hause zu kommen.

Nachts, in einer unbekannten Gegend. Die Straßen waren schlecht beleuchtet, und ehrlich gesagt wollten wir es auch gar nicht so genau wissen, wo wir eigentlich lang fuhren mitten in der Pampa. Das war eine Gegend. Auf einmal tauchte einfach so Nebel auf. So einen Nebel kannst du nicht vergleichen mit unserem Nebel. Das war der dickste Nebel, den ich jemals erlebte. Ich konnte den Wagen nicht schneller als 45 Stundenkilometer machen.

Ansonsten hätten wir die Straßenschilder nicht lesen können. Und im regelmäßigen Zeitabstand donnerte ein großer beladener Lastwagen an uns vorbei. Wir krochen auf der Straße. Ich nehme an, es handelte sich um eine Landstraße, und die donnerten mit Geschwindigkeit an uns vorbei. Das konnten wir besonders gut spüren, dass so einer beladen war. Jedes Mal, wenn so ein Brummi an uns vorbei sauste, dann zog uns sein Sog auf die andere Straßenseite. Du musst wissen, denn glatt war es außerdem. Ich konnte mir einfach nicht vorstellen, dass so ein LKW-Fahrer uns sah, bei dem Nebel. Also, was machte ich? Jedes Mal, wenn im Rückspiegel eine Lichtwand angebraust kam, dann schaltete ich die Warnblinkanlage ein, von unserem Auto.

Gegen Morgen verschwand der Nebel, wie er kam. Ich krallte mich an dem Lenkrad fest und dachte so vor mich hin. Er schlief neben mir und schnarchte wie ein Walross. Meine Gedanken kreisten nur noch um eine Sache. Jetzt nur nicht einschlafen. Nicht einschlafen. Ich wurde jedes Mal wach, wenn unser Auto bereits die Straße verlassen hatte und das Geschucker der Grasnarben unter uns, neben der Straße, so doll an dem Auto rüttelten, dass mir nichts anderes übrig blieb. Das passierte mir zweimal, dann hielt ich den Wagen an und sagte meinem Freund, dass er jetzt den Wagen zu fahren hatte. Immerhin wollten wir pünktlich um neun Uhr da sein. Ich schlief auch gleich ein und wurde erst wieder wach, als wir an der Anlegestelle für die Fähre nach Oslo angekommen waren.

Die Fähre lief in den Hafen ein und legte am Pier an. Als die Rampen für die Passagiere festgezurrt waren, gingen die Leute von Bord. Die da auf der Fähre sich aufhielten. Wir standen mit unserem Auto in einer Autoschlange und warteten darauf, dass wir endlich an Bord fahren konnten mit dem Auto. Ich muss dazu sagen, es war für mich das erste Mal, und bis dahin dachte ich, dass Fähren dafür da sind, Menschen von A nach B zu bringen. Du hättest die Leute sehen sollen, die da von Bord gingen. Die sahen alle aus wie Zombies. Die waren kreidebleich im Gesicht und sie bewegten sich alle sehr verdächtig, bedächtig von Bord. Sie hatten auch kein Gefallen daran, in der Sonne zu laufen.

Na ja. Der Tag fing gut an für mich. Ich war ausgeschlafen und hatte Gefallen daran, dass die Sonne schien. Mein Kumpel organisierte die Tickets und ich wartete darauf, dass es endlich losging.

An Bord benehmen sich alle Leute merkwürdig. Du musst wissen, dass die gleichen Leute, die von Bord gingen, sich wieder an Bord aufhielten. Das Ganze kam mir vor, wie ein Geisterschiff. Und was machten sie alle? Na? Sie soffen, was das Zeug hielt. Sie soffen und spielten mit den Geldautomaten. Alle Spielautomaten waren besetzt gewesen. Und jede Person, die an so einem Automaten sich befand, hielt in einer Hand was zu trinken und mit der anderen Hand bediente sie den Spielautomaten mit Geld. Natürlich gab es auch andere Personen an Bord. Aber. Die waren rar und wenn die sich anders benahmen, dann nur darin, dass sie sich in Gruppen um einen Tisch gesellten und ihren Suff darauf abstellten.

Ich machte dabei mehrere Kulturschocks durch, das kannst du dir sicher vorstellen. Du kennst mich ja. Ich und meine zarten Empfindungen.

O Mann ... Und jetzt kommt der Oberhammer. Was machte mein Freund an Bord? Er soff sich die Hucke voll und lachte sich eine besoffene Frau an. Zusammen gingen sie dann auf eine Toilette und machten es miteinander. Du weist sicherlich, was ich meine. Danach stellte sie ihm ihre Freunde vor. Die waren alle besoffen. Und natürlich wurde ich von ihm vorgestellt. Es ist nur äußerst schwer für mich, in Konversation mit betrunkenen Menschen zu treten. Die Schiffsfahrt war schön gewesen. Ich hielt mich an Deck auf und genoss die Aussicht über das Meer. Egal, die Fähre lief endlich in den Hafen von Oslo ein. In mehreren Sprachen wurde aufgefordert, das Schiff zu verlassen, und die meisten Leute wankten, wie ich zuvor noch niemanden habe wanken sehen, von Bord. Ich suchte nach meinem Kumpel, aber fand ihn nicht. Auf der Suche nach ihm sah ich einen Mann im schwarzen Anzug. Der sah aus, als wenn er von einer Beerdigung kam. Sein Gesicht war weiß. Sein Hals und seine Hände. Alles war weiß und sein Blick starrte durch mich hindurch, als sähe er mich nicht. Jedoch fiel mir eine Besonderheit an ihm auf. Ihm fehlte ein Schuh. Und nicht nur das. Sondern auch der passende Socken. Dieser Mann schleifte seinen nackten Fuß gemächlich hinter sich her und irgendwann hatte er es geschafft, an mir vorbei zu humpeln. Wie auch immer der Geier es betrachtete. Ich jedenfalls erstarrte bei diesem Mann und blieb so lange regungslos, wie ein Betonklotz, bis er aus meiner Sicht verschwand. Wie auch immer. Aber das war ein komisches Szenario.

In dem Saal, in dem ich mich befand, überschaute ich die Sitzgarnituren der jeweiligen Sitzmöglichkeiten und ganz hinten im Saal hob jemand eine Hand hoch. Du kannst raten, wer das war ... Er war der Einzige, der noch da saß und vor sich hin lallte. Ich habe ihn nie wieder so betrunken erlebt. Wir hatten das Schiff zu verlassen und unser Auto stand noch im Schiffsbauch. Die Schiffsbesatzung wartete brennend darauf, dass wir endlich verschwinden würden. Das war ein Kuddelmuddel gewesen. Na ja ... Ich versuchte, ihn auf seine Füße zu stellen, aber er benahm sich wie ein nasser Sack. Keine Chance ... Wir einigten uns darauf, dass wir uns auf dem Pier treffen würden. Dann ging ich runter zum Auto. In meinen Gedanken malte ich mir aus, wie sie ihn von Bord schmeißen würden, da sie ja das gesamte Schiff geräumt haben wollten.

Und tatsächlich. Als ich unten in dem Frachtraum war, war das einzige Auto, welches da stand, das von uns. Ich stieg ein und fuhr den Wagen die Rampe rauf zum Pier. Dort konnte ich mich dann an eine Autoschlange stellen und warten, bis der Zoll mich abgefertigt hatte. Ich stellte mir vor, wie er sabbernd und lallend auf einer Bank hing, wie ein Schluck Wasser, am Pier und krampfhaft versuchte, sich an der Bank festzuhalten. Er hatte nicht den Eindruck auf mich gemacht noch an Bord, als könne er mich verstehen.

Und jetzt kommt's. Als ich endlich an den Schalter vom Zollbeamten vorfahren konnte, um meinen Pass zu zeigen, mussten der Zollbeamte und ich uns erst mal auf eine Sprache einigen. Nachdem wir uns auf eine Sprache geeinigt hatten, fragte mich der Beamte alle möglichen Fragen. Ich erzählte ihm, dass wir hier nur zu Besuch waren, und wir würden auch bald verschwinden. Der Beamte wurde bleich im Gesicht und griff zu seinem Funkgerät. Er ließ den gesamten Hafen absperren und dann fing er an, mich auszufragen, wer noch bei mir ist. Du weist, ich kann nicht lügen.

Also erzählte ich ihm die Geschichte von meinem Freund, und dass er jetzt irgendwo alleine jammernd auf mich wartete, um abgeholt zu werden, von mir. Dann fragte er mich, wem der Wagen gehört? Du kennst mich. Und ich erzählte ihm die Geschichte, warum wir uns einen Mietwagen nehmen mussten. Daraufhin zeigte er mit seinem Zeigefinger zu einem flachen Hauskomplex aus Stein mit einer integrierten Garage. Ich machte mich auf den Weg und fuhr zu diesem Haus. Vor dem Haus wartete man schon auf mich und ich wurde in die Garage gewunken. In der Garage machte ich den Motor aus und dann ging es los. Ich wurde gebeten, das Auto zu verlassen, und dann wurden mir komische Fragen gestellt. Alle möglichen Fragen. Wie lange ich schon drogensüchtig bin? Oder. Warum ich es nie mit einer Entziehungskur probierte? Und das mir. Ausgerechnet mir. Es trifft immer die Unschuldigen. Na ja ... Mein Freund sonnte sich bestimmt gerade in der Sonne, am Hafen, und erholte sich von seinem amourösen Abenteuer, und ich saß in einem dunklen Bunker und wurde verdächtigt drogensüchtig zu sein. Jedenfalls dachte ich mir das so, als ich Rede und Antwort gestehen musste, im Bunker. O Mann ... Fünf Leute waren zugange und räumten den gesamten Wagen aus.

Du musst wissen, wir hatten allen möglichen Kram mitgenommen. Man kann ja nie wissen. Jedenfalls durchsuchten sie alles. Sie fanden alles. Meine Lutschbonbons ... alles. Und du darfst raten, was sie in seinen Sachen fanden? Er hatte alle Fotos dabei. Die von unserer letzten großen Party. Das war eine Party gewesen. Ich sag's dir.

Da waren mindestens zwanzig Leute dabei gewesen. Wir feierten in seiner Garage und, du musst wissen, es war zu der Zeit Januar gewesen, dementsprechend war es kalt und ungemütlich draußen. Egal. Wir hatten irgendwann alle mächtig einen in der Krone und die Kälte machte uns nichts mehr aus. Das war eine Party! Meine damalige Exfreundin hatte sich dazu auch eingefunden. Sie hieß Nina. Oh, Nina ... Das war eine ... Aber das ist eine andere Geschichte. Wo bin ich stehen geblieben? ... Ach ja.

Einer dieser Beamten hatte die Fotos in seinen Händen gehabt und sah sich diese mit den anderen Beamten an. Ich kam dazu und guckte mit. Du musst wissen, bis zu diesem Zeitpunkt hatte ich die Fotos auch noch nicht gesehen. Na ja. Fotos. Wir waren alle betrunken und dementsprechend sind sie ausgefallen. Darauf konnte man extrem glückliche Gesichter sehen. Die Protagonisten auf den Fotos strahlten, was das Zeug hielt. Und dann war da ein Foto. O Mann, da konntest du ihn sehen und mich. Er hielt einen großen Bierkrug in seinen Händen und ich eine Flasche Rum. Seine Augen guckten auf gar keinen Fall zum Horizont, sondern extrem um die Ecken. Wenn du verstehst, was ich meine. Wenigstens schaffte ich es noch, halbwegs in die Linse zu starren. Hm ... Eine Welt ist das? Anscheinend hatte ich auf dieses Foto komisch reagiert. Jedenfalls wurde ich gefragt, ob es sich bei dieser Person um meinen Freund handelte? Ich sagte ja und dann gab ein Beamter eine genaue Beschreibung von ihm durch sein Funkgerät. Anhand des Fotos. Dann wurde ich in einen Warteraum geführt. Dort sollte ich so lange warten, bis der Drogenhund seine Arbeit erledigt hatte. Das Auto und den ganzen Kram beschnüffeln.

In der Zwischenzeit saß ich in dem Warteraum. Eine Beamtin kam in den Raum und fragte mich, ob ich eine Zigarette haben wollte? Ich sagte ja und dann rauchten wir beide ihre Zigaretten. Wir hatten uns gut dabei unterhalten. Sie erzählte mir von dem Land Norwegen, und dass sie jetzt glücklich sei, weil die Sonne wieder raus kam und die Tage länger wurden. O Mann ...

Und jetzt kommt's wirklich. Nachdem der Drogenhund seinen Job gemacht hatte, wurde ich in eine Art Umkleidezimmer geführt. Dort war ein Beamter und der verlangte von mir, dass ich mich ausziehe. Und nicht nur das. Als ich schließlich nackt vor ihm stand, sollte ich mich umdrehen, mich bücken, und dann guckte er mir in meinen Hintern ... Eine Welt ist das! Danach durfte ich mich anziehen und dann konnte ich den ganzen Kram einräumen und das Auto soweit klar kriegen, dass ich damit verschwinden konnte. Ach ja ... Ich fragte einen Beamten, wo denn nun mein Freund war? Mir wurde der Weg beschrieben, wie ich zu ihm fahren konnte. Er würde dann auf der Straße stehen und auf mich warten. So wurde es mir gesagt. Gesagt, getan. Ich fuhr aus dem Hafengeländе raus und machte mich auf den Weg zu ihm. Auf dem Weg dachte ich darüber nach, was er mir wohl erzählen wurde? Er würde mir vielleicht erzählen wollen, wie er auf der Bank auf mich wartete, aber ich kam nicht. Irgendwie so was stellte ich mir vor. Ich fuhr zwischen kleinen Häusern entlang. Die Häuser waren nicht höher als bis zum dritten Stock.

Und tatsächlich. Er stand mitten auf einer Straße und winkte, als wenn er von einem Schwarm Mücken ausgesaugt werden wurde. Und er grölte andauernd meinen Namen. Wahrscheinlich hatte er Angst, dass ich ihn nicht mitnehmen wollte. Als ich mich ihm näherte mit dem Auto, fing er an zu blöken. Weißt du was? Ich musste mich ausziehen und dann haben sie mir in den Hintern geguckt! Ich war selber genug angepisst gewesen wegen der Tatsache. Ich verlangte von ihm, dass er sich auf den Rücksitz setzte und sich anschnallte. Du glaubst es nicht, aber er war noch immer betrunken. Das nervte mich und ich wollte einfach nur meine Ruhe haben.

Wir fuhren stumm von Oslo in das nächste Städtchen. Wo seine angebetete schöne Frau auf ihn wartete. Hochschwanger mit seinem Sohn. Jedenfalls verklickerte er es mir so. Immer wieder auf unserer Fahrt. Die Sonne am Himmel verzog sich und es wurde Abend. Das Scheinwerferlicht erstrahlte auf den Straßen von Oslo. Wir bahnten uns den Weg in das Städtchen und kamen quasi in der Nacht an. Da wo seine Prinzessin lebte und da, wo sie wohnte. Die Norweger sind echt die Schärfsten. Anscheinend macht ihnen die Kälte nichts aus. Die meisten Norweger leben in Holzhäusern und die Fenster in den Holzhäusern sind nur einfach verglast. Verstehst du? Na ja ...

Seine Prinzessin lebte zur Untermiete in so einem Holzhaus und als er vor der Tür stand und geklingelt hatte, stieg die Spannung bei uns. Ist ja logisch. Der Hausvater machte auf und es sah so aus, als würden die beiden sich gut kennen. Da war ein großes Hallo und beide tratschten erst mal eine Runde ab. Dann fragte er nach ihr und der Hausvater wurde ernst. Sie wohnt nicht mehr in diesem Haus. Sie war weg und niemand weiß, wo sie ist. Jedenfalls wurde es ihm so in etwa berichtet. Er war schwer getroffen davon und wir beschlossen, nach

Oslo zurückzufahren, um uns ein Nachtquartier dort zu suchen.

Es war wieder Nacht und wir fuhren durch Oslo. Auf der Suche nach einem Hotel. Die bunten Lichter sausten an uns vorbei und erstrahlten in unseren Augen. Das war irgendwie unwirklich und ich kam mir vor, als wenn ich einen Zeichentrickfilm sah. Du kannst dir sicher vorstellen, wie sehr mich das Ganze aufgezehrt hatte. Diese ganze Aufregung um die Dinge. Na ja ...

Meinem Kumpel ging es nicht besser. Er hing auf seinem Sitz und sah sehr mitgenommen aus. Ihn musste das alles echt angefressen haben. Wir redeten über seinen verlorenen Sohn und über seine verschwundene Frau und darüber, wie es denn jetzt weiter gehen sollte. O Mann ... für ihn war wirklich eine Welt zusammen gebrochen.

Das erste Hotel, welches uns begegnete, wurde angesteuert und unter die Lupe genommen. Der Nachtportier. Wir einigten uns auf eine gemeinsame Sprache und dann verhandelten wir um ein Zimmer. Jetzt kommt's. Er erzählte uns, dass zurzeit kein einziges Zimmer zu haben sei. In der Stadt, in ganz Norwegen, waren Feiertage ausgerufen und alle Zimmer waren hoffnungslos ausgebucht gewesen. Was das für Feiertage sind, kann ich dir nicht sagen. Wichtig für uns war nur die Information, dass wir kein Zimmer bekamen. Wir klapperten noch weitere Hotels ab. Aber nichts da. Das hatte zur Folge, dass wir die Nacht im Auto verbrachten. Wir fuhren an den Stadtrand, um unsere Ruhe zu haben, und dort machten wir es uns gemütlich. Ich sage dir. Das war ein absolutes Erlebnis. Es kam mir so vor, als wenn der Mond dichter an mir dran war. Und die Sterne erst. Ich habe nie wieder so viele Sterne gesehen ... Außer in Irland. Die Kälte machte mir nichts aus. Auch störte es mich nicht, dass ich im Auto übernachten musste. Ich dachte mir, für eine Nacht geht das schon in Ordnung. So in der Art.

Wir ließen die ganze Nacht den Motor laufen. Das war eine Kälte gewesen. Und um schlafen zu können, ließen wir den Autokassettenspieler laufen. Die ganze Nacht. Egal ... Am nächsten Morgen war ich extrem verspannt und gerädert. Das kannst du dir sicher vorstellen ... Na ja ... Wir fuhren wieder in die Innenstadt, um was hinter die Kiemen zu bekommen.

Das erste Café, welches uns begegnete, war uns gut genug gewesen und dann frühstückten wir erst mal. Und dann gehörte der Tag uns ... Oslo ist eine schöne Stadt. Kann ich dir nur empfehlen. Wir trieben uns den ganzen Tag rum und schauten uns die Gegend an. Immer wieder, wenn wir ein Hotel sahen, versuchten wir es mit einem Zimmer, aber keine Chance. Wir verbrachten eine weitere Nacht im Auto.

Als der nächste Tag erreicht war, sagte ich meinem Freund, dass ich keine Lust mehr hätte, im Auto zu übernachten, und ich würde auch, auf keinen Fall, auf ein Wunder warten. Was die Sache betraf mit seiner Freundin, mit seinem Sohn und mit einem Zimmer. Egal, wir machten uns auf zum Hafen und versuchten eine Fähre zu bekommen. Eine, die uns zurückbringen würde. Er spielte zwar die beleidigte Leberwurst, aber das war mir egal.

Wir bekamen eine Fähre und das war so ein richtiger, großer Dampfer gewesen, sage ich dir. Dieses Schiff war sehr lang und breit und hoch. Das Ding sah aus wie so ein Luxusdampfer. Ich weiß, dass das nur eine Fähre war, aber meine Fantasie ging mit mir durch, als ich diesen Kahn sah. Das war das einzige Schiff, welches wir bekommen konnten und es fuhr über Nacht. Und nicht nur das. Es machte einen Schlenker nach Schweden rüber und dann nach Dänemark. Genauer gesagt nach Kopenhagen. Insgesamt dauerte die Nachtfahrt ungefähr zwölf Stunden. Weil wir über Nacht fuhren, mussten wir eine Kajüte nehmen. Das war so, so sagte man uns am Ticketschalter für die Fähre. Egal ... Wir nahmen jeweils ein Bett in einer Vierbettkajüte und mussten damit rechnen, nicht alleine in der Kajüte zu sein. Wichtig für mich war, dass ich dieser komischen Situation endlich wieder entkommen konnte, und, ich wollte wieder in einem richtigen Bett schlafen. Das Ganze entpuppte sich als Volltreffer. In der Kajüte war nicht nur ein Bett. Nein. Sondern auch eine Dusche und da waren Zahnbürsten gewesen und Handtücher!

Dieser ganze Komfort, den ich da vorfand, machte mich vergessen all die Strapazen der Vergangenheit. Ich hatte den Eindruck, dass auch mein Kumpel beeindruckt war von diesem Schiff.

Und jetzt kommt's wirklich. Irgendwann in der Nacht gesellte sich ein Schwede zu uns. Bis dahin hatten wir die Kajüte für uns alleine gehabt. Das war einer gewesen ... O Mann ... Wir kamen auch alle gleich ins Gespräch und erzählten uns gegenseitig unsere zuletzt erlebten Abenteuer, die wir gemacht hatten. Ich ließ natürlich, wie immer, nichts aus und erzählte ihm von dem norwegischen Zoll und den entdeckten Fotos unserer letzten großen Party.

Ich sage dir. Der Schwede hatte eine Art, über unsere Geschicke zu lachen. Phänomenal. Der war echt in Ordnung, der Mann. Nachdem wir uns ausgelacht hatten, verließen wir unsere Buchte und gingen zum Supermarkt. Die hatten da echt alles an Bord ... Sagenhaft. Wir kauften uns einen Liter Wodka, zwei Packungen Orangensaft und ein wenig zum Essen. Dann suchten wir uns eine bequeme Sitzmöglichkeit, wo wir uns lang machen konnten, und redeten weiter über alles Mögliche in der Welt.

Auf einmal setzte sich der Schwede aufrecht hin, guckte uns an, und meinte: ›Ich finde euch echt in Ordnung. Euch erzähle ich es. Ich muss es erzählen!‹

Und dann fing er an zu erzählen. Er erzählte seine Geschichte und die war vor einem Jahr passiert. Auf demselben Schiff. Da hatte er eine Norwegerin kennen gelernt und sich unsterblich in sie verliebt. Sie war die Liebe seines Lebens und er machte alles für sie. Jaja ... Die Liebe. Noch an Bord nahmen sie sich ein Zimmer zusammen. Es war auch eine Fahrt über Nacht gewesen. Und als sie das Schiff am nächsten Tag zusammen verließen, war klar, dass sie zusammen gehörten. Er zog mit ihr nach Oslo, und zusammen nahmen sie sich da eine große Wohnung. Eine wunderschöne Wohnung, in einem wunderschönen Haus. Er meinte, dass sie guten Geschmack bewies in allem. Zusammen richteten sie die Wohnung ein und kauften allen möglichen Kram. Na ja, was verliebte Menschen so kaufen, wenn sie ihr gemeinsames Leben einrichten.

Wenn ich das richtig verstanden hatte, dann war er so was wie ein Sicherheitsingenieur für Atomkraftwerke gewesen, und hatte sich um Installationen von Sicherheitsprogrammen zu kümmern. Wo war ich stehen geblieben? ... Ach ja. Wie das immer so ist. Die Zeit verbrannte im Liebestaumel und sie machten Pläne für Kinder. Also, sie hatten noch keine Kinder, aber wie das immer so ist, sie machten eben Pläne.

Und dann kam der norwegische Zoll. Jaja ... der norwegische Zoll. Der norwegische Zoll meldete sich eines Tages bei ihm und wollte wissen, was denn nun mit seinem Auto sei? Immerhin war das Auto ein schwedisches Fahrzeug gewesen, weil es da immer noch zugelassen gewesen war, und wenn er beabsichtigte, in Norwegen zu leben, dann hätte er den Wagen ordnungsgemäß in Norwegen einzuführen und anzumelden. Und das hätte bedeutet für ihn 125 Prozent Einfuhrgebühr auf den Neuwert seines Wagens. Du kannst dir sicher vorstellen, dass das kein normaler Mann machen würde. Zumal das Ding war sowieso nicht sein Auto gewesen und er beschloss, das Ding nach Schweden zurückzuführen.

Also, er verabschiedete sich lieb von seiner Frau und freute sich schon darauf, wie sie ihn liebevoll vom Pier abholen würde am Abend. Und dann machte er sich auf nach Schweden. In Schweden ging alles glatt ab und er wurde das Ding ohne Weiteres los. Dann beeilte er sich, um die letzte Fähre nach Oslo zu bekommen, denn er wollte wieder mit seinem Schatz vereint sein. O Mann ... Du kannst dir sicher denken, was passierte. Er kam in Oslo an, aber seine geliebte Frau war nicht am Pier. Aber er dachte sich nichts weiter dabei. Vielleicht war bei ihr was dazwischen gekommen? Sie wurde aufgehalten? So was in der Art, dachte er. Also ging er alleine zu der gemeinsamen Wohnung zurück. Das war ihr plüschiges

Liebesnest gewesen und er liebte es sehr, wenn sie im Bett lag, ihre Brille aufhatte und ein Buch las. So meinte er das jedenfalls.

Pass auf. Und jetzt kommt's. Als er spät am Abend das Nest erreicht hatte und in die Wohnung eintrat, traute er seinen Augen nicht. Die ganze Wohnung war ratzekahl leer geräumt. Da soll angeblich alles weg gewesen sein. Von den Teppichen bis zum Bett und von den Schränken bis zur Mundspülung im Bad. Alles!

Und das Theater ging noch weiter ... Die Nacht über hatte er auf dem blanken Boden verbracht. Auf einer Luftmatratze, die ihm sein Barmann aus der Hausbar, welche sich in dem Haus neben der Hauseingangstür befand, verschaffte. Der Schwede meinte zu uns, dass der Barmann von dem Umzug Schrägstrich Auszug nichts mitbekommen hatte, denn sein Dienst hatte erst in der Nacht begonnen.

Am nächsten Morgen machte er sich auf zur Bank und er erkundigte sich bei einem Angestellten über die gemeinsamen Konten, die er mit seiner geliebten Freundin hatte ... Holzauge sei wachsam ...

Der Angestellte von seiner Hausbank bat ihn, zum Filialleiter zu gehen. Bei dem angekommen, setzten sie sich in sein Büro und tranken Kaffee zusammen. Beim Kaffeetrinken kamen sie ins Plaudern, über die Welt. Und dann erzählte der Filialleiter endlich, was mit seiner Frau los war. Also mit seiner Verlobten. Er erzählte ihm, dass sie zu ihm kam und darum bat, die Konten für sie zu räumen. Sie würde ein Kind erwarten und wollte mit ihrem Verlobten auswandern. Und dann nahm sie das ganze Geld und verschwand. Irre, oder?

O Mann ... Wir alle hatten so dermaßen laut gelacht, dass sich ständig die Leute nach uns umdrehten. Aber egal ... Der Schwede sagte zu uns, irgendwann: ›Wenigstens kann ich mit euch darüber lachen.‹ Der hatte eine wirklich gute Haltung dazu ...

Zurück an Bord. Wir süffelten unseren Wodka-O. und erzählten uns Geschichten, über diese Welt. Eine Welt ist das?

Und dann fing auf einmal das Schiff an zu wackeln. Das ganze Schiff schaukelte dermaßen durch die Gegend, dass sich kein Mensch mehr normal bewegen konnte. Alle versuchten, sich irgendwo festzuhalten. Durch die Lautsprecherboxen vom Schiff kam eine Nachricht angesagt, in mehreren Sprachen. Das Schiff befände sich in einem Sturm und die Windstärke wäre zehn. Was immer auch darunter zu verstehen sein mag? Ich weiß es nicht. Na ja ... Egal ...

Das ganze Schiff befand sich in Aufruhr. Und alle Leute versuchten zu rennen und sich zu retten. Alles schaukelte so dermaßen ab, dass mir dabei speiübel wurde. Irgendwann musste ich mich übergeben und dann versuchte ich auch, zu rennen. Ich suchte verzweifelt eine Toilette, wo ich mich endlich erbrechen konnte. Aber wie das immer so ist. Wenn man keine Toilette braucht, dann begegnet man nur Toiletten. Und wenn man eine braucht? ... Pech gehabt! ... In der Zeit, wo ich suchte, musste ich dreimal vom Oberfeinsten ... ich sage dir. Was konnte ich machen? Ich schluckte es wieder runter, denn ich wollte es in eine Toilette machen. Da gab es extrem geniale Toiletten. Mit allem drum und dran. Du kamst dir vor, als würdest du auf Marmor sitzen ... Wahnsinn ...

Aber ich konnte keine Toilette finden. Wenn ich eine fand, dann war sie besetzt. Das war vielleicht eine Sache gewesen ... Na ja, ich rannte durch das ganze Schiff. Auf der Suche nach einer Toilette. Zeitweise hatte ich schon den Gedanken dafür aufgegeben und ich versuchte, an Deck zu kommen, weil, ich wollte über die Brüstung machen. Aber ich hatte die Tür nach draußen gar nicht auf bekommen, denn der Wind war so stark da drauf, dass ich das nicht schaffe. Ich irrte durchs Schiff und wollte mich übergeben und dann stand ich vor unserer Kajüte. Das war meine Rettung gewesen, sag ich dir. Mit einem Satz sprang ich rein und rannte ins Bad und dann reiherte ich alles in die Toilette hinein.

Danach ging gar nichts mehr. Ich war für nichts mehr zu gebrauchen. Mir war schlecht, ich war betrunken, und müde war ich auch noch. Ich schmiss mich in mein Bett, und, ein Glück, schlief ich gleich ein. Und tatsächlich. Ich verschlief den Sturm. Als ich wach wurde, bewegte sich nichts mehr. Das Schiff verhielt sich ruhig und es schaukelte nichts mehr. Meine Zimmergenossen waren nicht da gewesen, also machte ich mich auf die Suche nach ihnen. Wer wusste es? Vielleicht befanden sie sich auf der Krankenstation? Ich durchschlenderte das ganze Schiff und ich sage dir ... Was da alles da war und was du alles machen konntest? Dieses Schiff hatte mir so richtig gefallen. Vor der Disco kam ich zum Halten. Das war eine Riesendisco. Die Musik hämmerte in den großen Durchgang. Ich stand davor und überlegte mir, wenn die beiden es geschafft hatten durchzukommen, dann würden sie garantiert in der Disco abhängen und sich vom Sturm erholen mit Bier.

In der Disco waren viele Leute und ich musste drängeln, um weiter in das Innere vordringen zu können. Als ich an der Tanzfläche angekommen war, sah ich die beiden auf der anderen Seite. Sie saßen an einem runden Tisch, tranken Bier und waren umgeben von schönen Frauen. Ich setzte einen Fuß auf die Tanzfläche, denn ich wollte den kürzesten Weg nehmen zu den beiden. Und dann passierte eine Sache, mit der ich echt nicht gerechnet hätte. Eine Frau auf der Tanzfläche griff mich ab und fing an, mit mir zu tanzen. Meine Kumpels sahen mich von Weitem und lachten darüber. Sie zeigten mit ihren Fingern auf mich. Wir tanzten zu drei Liedern und dann ließ sie von mir. Ich habe sie danach nie wieder gesehen, noch erfuhr ich ihren Namen. Bei meinen Kumpels angekommen, konnte ich mir Gejohle anhören und dann wurde mir alles erzählt, was ich verpasst hatte hier in der Disco. Also, ich muss dazu sagen, das war eine sehr gute Disco gewesen. Großflächig angelegte Tanzfläche und mit Sitzgelegenheiten drumherum und mit einer großen und langen Bar ausgestattet gewesen. Ich sage dir. Die Frauen da waren super gewesen. Total locker, und du konntest dich prima unterhalten mit denen, wenn du dich auf eine Sprache geeinigt hattest.

Keine Ahnung, wie es weiter ging. Ich weiß nur noch, dass der Lautsprecher vom Bordfunk mich weckte in unserer Kajüte. Und wir mussten das Schiff verlassen. Wir waren jetzt in Dänemark angekommen. Der Schwede war auch noch da gewesen, obwohl er in Schweden von Bord gehen wollte. So hatte er es uns erzählt ... Na ja ... Vielleicht lag das an der See. Die war ja auch echt heftig gewesen in der Nacht. Wir blieben zusammen und der

Schwede kam mit uns mit. Immer wieder die gleiche Leier: Wir wurden aufgefordert, das Schiff zu verlassen. Wir sammelten unsere Plünnen zusammen und dann machten wir uns auf, zum Frachthangar zu kommen. Da, wo das Auto drinnen stand. Und mal wieder war das einzige Auto, was da noch stand in diesem großen Hangar, unser Auto gewesen. Egal ... Wir packten die Taschen ein, stiegen ein und los ging's.

Draußen wurden wir von einigen wartenden Neupassagieren umjubelt und wir kamen uns in dem Moment vor wie Rockstars. Aber machen wir uns nichts vor: Die waren nur so glücklich, endlich an Bord kommen zu können, weil wir endlich abhauten.

Der Schwede kannte sich echt hier aus und er manövrierte uns zu einem erstklassigen Café hier in Kopenhagen. Dort wurde erst mal gefrühstückt. Ich sage dir. So eine Seefahrt macht einen echt hungrig. Wir redeten über die Welt und wie es denn jetzt weiter gehen würde, mit jedem von uns. Und der Schwede erzählte uns von einer Fähre, die uns nach Fehmarn bringen würde. Und er selber würde eine Fähre nach Schweden nehmen. Er wollte nur vorher mit seinem Vater telefonieren, damit er ihn abholen konnte. So war es dann. Wir frühstückten zu Ende und er telefonierte mit seinem Vater. Wir hatten noch eine Menge Zeit und wir machten uns auf, Kopenhagen zu erkundigen.

Der Schwede kannte sich gut aus und manövrierte uns durch diese Stadt. Ist echt eine schöne Stadt. Abends brachten wir den Schweden zu seiner Fähre und dann machten wir uns auf zu unserer Fähre nach Fehmarn. Mein Kumpel lag hinten im Auto auf der Rückbank und schlief. Den musste anscheinend alles mächtig mitgenommen haben. Ha, ha. Und ich? Die Musik rockte aus dem Radio und zum ersten Mal hatte ich den Eindruck, dass sie mir etwas anderes erzählte. Hing irgendwie alles zusammen. Blauer Himmel. Klarer Horizont. Die Sonne schien und hing an der Himmelslinie. Und dann die Musik. Das war auch noch genau das richtige Lied zu dieser Stimmung. Zu meiner Stimmung.

Was konnte jetzt noch schiefgehen? Wir kriegten die Fähre nach Fehmarn. Parkten das Auto im Schiffshangar ab und kaufen uns an Bord was für den hungrigen Magen.

Wir kamen auf Fehmarn an und diesmal waren wir nicht die Letzten mit unserem Auto. Und jetzt kommt's, sage ich dir. Eine Welt ist das? Im Schiffshangar. Ich startete den Motor unseres Autos und wollte losfahren. Aber es ging nicht. Ich bekam keinen Gang rein. Mein Kumpel probierte es, aber auch er bekam keinen Gang rein. Nachdem alle Autos raus gefahren waren, bekam ich einen Gang rein. Es war der dritte Gang. Es funktionierte nur der dritte Gang ... Du wirst es nicht glauben, aber wir kamen mit dem dritten Gang aus dem Schiffshangar gefahren und machten uns mit dem dritten Gang auf die Heimreise. Innerlich stellte ich mich auf eine langwierige Heimreise ein. Nur mit dem dritten Gang.

Wir fuhren durch Fehmarn und erreichten, endlich, die große und lange Brücke, die uns dann mit dem Festland verbinden würde. Ich dachte mir: ›Klasse. Jetzt geht's nach Hause.‹ Und dann. Nachdem wir die Brücke hinter uns gelassen hatten, donnerte es im Motorraum unseres Autos voll ab. Ich konnte eben noch den Wagen auf den Seitenstreifen ziehen ... Das war's. Wir verhandelten miteinander, was denn jetzt zu machen sei. Und am Ende war ich derjenige, der zurück zur Tankstelle laufen konnte, um die Pannenhilfe zu bestellen.

Der Pannendienst kam erst in der Nacht bei uns vorbei. Wir schliefen im Auto, als an die Fensterscheibe geklopft wurde. Das war ein freundlicher Herr aus Fehmarn. Wir erklärten ihm, was mit diesem Auto los war und nach einer einminütigen Diagnose stellte er fest, dass er hier nichts machen konnte. Er schleppte uns ab, mit seinem großen Geländewagen. Und du darfst raten ... Wir fuhren über die große Brücke zurück nach Fehmarn.

Seine Werkshalle lag in Burg. Burg, das war der größte Ort auf Fehmarn und als wir dort ankamen, mussten wir feststellen, dass wir nicht die Einzigen waren, die auf Hilfe warteten. Wir stellten uns mit unserem Auto hinter die anderen an. Irgendwann in der Nacht kamen wir ran. Unser Auto wurde mit einer Hebebühne hochgefahren und dann wurde geschaut, was los war. Von unten sah der Wagen eigentlich gut aus. Eben wie ein neues Auto. Na ja ... Das war echt ein wissender Mechaniker. Erst guckte er nach, ob was mit den Antriebswellen nicht stimmte und dann nahm er sich das Getriebe vor. Und schon hatte er den Fehler gefunden. In dem Getriebe war kein Getriebeöl gewesen. Wohlgemerkt, der Motor hatte ausreichend Öl gehabt. Aber das Getriebe hatte nicht ein Fitzelchen Öl gehabt. Nicht einmal ein Tröpfchen. Eine Welt ist das? Okay ... Nachdem wir den Fall protokolliert hatten für die Autovermietung, die uns den Wagen vermietet hatte. Dann konnten wir uns aufmachen und uns mal wieder eine Bleibe suchen für die Nacht. Der Mechaniker warnte uns. Von wegen es sei gerade Saison für Surfer und ihn würde es nicht wundern, wenn alles ausgebucht wäre. Er gab uns seine Telefonnummer und wir könnten ihn jeder Zeit anrufen, wenn wir keine Bleibe finden würden.

Wir machten uns auf und gingen in das Zentrum von Burg. Die Straßen dahin waren nur wenig beleuchtet und eigentlich liefen wir durch die finstere Nacht. Es wurde heller, als wir im Zentrum ankamen, auch waren die Straßen belebt von Leuten, die die Nacht zum Tage machten und feierten. Das fühlte sich gut an. Nach dem großen Reinfall mit dem Auto kam so eine nette Ablenkung mit jubelnden, feiernden Leuten gerade zur rechten Zeit. Wir erkundigten uns, wo Hotels wären, und machten uns dann auf, die Hotels abzuklappern. Und was soll ich dir sagen? Wir liefen ganz Burg ab. In einer Nacht. Garantiert lernten wir jedes Hotel kennen. Aber fanden wir ein Zimmer für die Nacht? Pustekuchen ...

In unserer Verzweiflung wandten wir uns an die Polizei. Wir gingen zu der ortsansässigen Polizeistation und fragten, ob sie uns eine Zelle für die Nacht geben könnten? Aber da wurden wir nur ausgelacht und wieder weggeschickt. Ich telefonierte mit dem Mechaniker und erklärte ihm unsere Situation. Der kam auch ins Lachen und versprach uns, den Autoschlüssel auf ein Rad unseres Autos zu legen, damit wir wenigstens im Auto schlafen konnten. Das Auto stand ja vor der Mechanikerhalle.

Wir gingen wieder zurück zum Jubel und Trubel der feiernden Leute. Jetzt kommt's. Wir gingen in eine Bar. Diese Bar nannte sich Haifischbar. Nach all dem Stress mit dem Auto wollten wir uns was Ruhiges und Gediegenes gönnen. Als wir in die Bar kamen, verstummte die Musik aus der Box und alle drehten sich zu uns um und starrten uns an. Du hättest eine Nadel fallen lassen können und du hättest ihren Aufschlag gehört. Jetzt erst bemerkten wir, dass das keine gewöhnliche Bar war. In dieser Bar saßen anscheinend nur raubeinige Seeleute. Jedenfalls sahen die so aus. Auch das Inventar machte einen ziemlich rustikalen Eindruck. Egal ... Wir setzten uns an die Bar. Bestellten jeweils das größte Bier und fragten, ob wir was zum Abendessen bekommen können? Die Barfrau lachte, und mit ihrer anheimelnden Art gab sie uns ein gutes Gefühl. Mit der Zeit drehten sich die Seeleute, die aussahen wie Piraten, wieder um und versanken in Gespräche. Und auch die Musik spielte wieder.

Wir redeten über die Sache mit dem Auto und darüber, dass wir da schon wieder eine Nacht in einem kaputten Auto verbringen mussten. Aber das waren wir ja mittlerweile gewöhnt gewesen. Eine Welt ist das? Wir redeten auch darüber, wie es zu Hause wohl gerade sein würde? Wir merkten dabei, dass wir uns danach sehnten und wir beschlossen, nach dieser Aktion erst mal eine richtig große Party zu feiern. Mit all unseren Freunden.

Irgendwann in der Nacht torkelten wir zu unserem jetzt kaputten Auto zurück. Wir hatten die nötige Sitzschwere erreicht und wir freuten uns auf das Autoradio. Am nächsten Tag wurden wir vom Mechaniker geweckt. Er klopfte gegen die Scheibe und lachte uns an. Als ich meine Scheibe runter gekurbelt hatte, meinte er, dass in der Küche von der Werkstatt Kaffee auf uns warten würde. Na ja ... Und ein glorreicher Tag fing an. Wir nutzten das Werkstattklo, um uns frisch zu machen, und tranken Werkstattkaffee. Im Übrigen, der Kaffee war gut. Dann machten wir uns auf und gingen erst mal in ein Café und hatten Frühstück. Burg ist ein schöner Ort. Wir verbrachten den Nachmittag am Strand und schauten den Surfern zu, ich meine den Windsurfern, wie sie über das Wasser bretterten. Für so eine Sache musst du winddicht verpackt sein, sonst frierst du dabei aus.

Am Nachmittag sagte uns der Mechaniker, dass wir ein neues Mietauto zur Verfügung gestellt bekommen haben und das wir jetzt unsere Heimreise machen können. Der Rest ist schnell erzählt. Wir eilten nach Hause und in der ganzen Zeit sagten wir nicht ein Wort. Unsere Blicke starrten gen Horizont. Die ganze Zeit versuchte ich schlau daraus zu werden, was denn da alles passierte.«

Die Nacht war schon lange gekommen in Acimòs Cafés Zum Guten Hirten bei den beiden Geschichtenerzählern. Und Frieda, die kecke Studentin, hatte schon lange alle bunten Lämpchen und Lichterketten angemacht. Auf der Terrasse war es bunt, überall leuchtete es, und die Nacht spendete milde Temperaturen.

Eine sehr neu orientierende Situation

Als damals der Film *The Million Dollar Hotel* von Wim Wenders raus kam, gingen mir die Gedanken durch den Kopf, dass dieser Film doch etwas abgehoben erscheint.

Jahre später kam ich zu dem Schluss, dass dieser Film, dieses filmische Ereignis, verdammt gut ermittelt wurde.

Der Aspekt, in einem alten ausrangierten Hotel leben zu müssen, kam mir doch sehr verzerrt vor. Wer würde da freiwillig leben wollen?

Und dann lebte ich in einem alten ausrangierten Hotel. Ich lebte meine beste Zeit dort, konnte meine Korrespondenz pflegen und ein ausgeruhter Rezeptionist gab mir immer meine aktuelle Post in meine Hände.

Aber selbst an so einem genialen Ort steht die Zeit nicht still.

Dramen

Neulich wurde ich zu einer Party eingeladen, von einem alten Freund von mir. Diese Party war auch noch ganz nahe in meiner Gegend. Sozusagen im Nachbarkiez von mir.

Meine Freundin hatte mich verlassen und ich wollte zurzeit nicht alleine sein. Das geschah mir nicht zum ersten Mal, aber immer, wenn ich verlassen wurde, ging alles schwer und schief. In der ersten Zeit danach.

Also schien diese Einladung natürlich eine willkommene Ablenkung für mich dazustellen. *Ja!* ... Diese Einladung löste freudige Gedanken in mir aus und die Sonne ging auf. Auf, für mich. Ich konnte es kaum erwarten, dieses Ereignis. Tage davor bereitete ich mich schon darauf vor. Alte Musik kramte ich hervor und entdeckte alte Klänge neu und ich dachte an die guten alten Zeiten, wenn wir abhingen in unserer Stammkneipe und unserer verflossenen Frauen gedachten. Selbst der damalige Wirt J. B. kam mir wieder in Erinnerung. Am Wochenende, wenn Fußball lief im Fernsehen, dann war seine Kneipe immer brechend voll gewesen. Und dann wurde gejubelt und geweint. Des einen Freude, des anderen Leid. Wie Fußball nun eben ist. Der Wirt hatte keine Lieblingsmannschaft. Er gab immer allen gleichviel Bier zu trinken und er spendete für so ein Fußballereignis immer seinen Fernseher. Welcher auf der Theke stand, damit alle gut das Ereignis sehen konnten.

Solche Gedanken kamen in mir hoch und mir wurde ganz warm um mein Herz. Man weiß immer erst, was man vermisst, wenn man es vermisst. Oh, ich liebe so eine Art von Ereignissen. Daran kann man spüren, dass man einmal Wonnen genossen hatte im Leben. Man weiß, dass man lebt, wenn man genug verflossene Frauen hat, genug Bier getrunken hat und sich seiner alten, schönen Tage erinnern kann.

Jedoch sollte man es vermeiden, an die Gegenwart zu denken.

Darum ist ja ein kommendes Ereignis so schön. Ich hibbelte schon den ganzen Tag herum. Heute gestaltete sich der Tag der Tage und aufgeregt rannte ich durch meine Gegend. Einige Einkäufe musste ich noch erledigen und in dieser Zeit dachte ich darüber nach, meine Ex-Freundin anzurufen, um sie zu der Party mit einzuladen. Immerhin war das ein glänzender Grund, um sie endlich anzurufen, und um sie wieder bei mir zu haben. In mir drin vermisste ich sie immer noch. Herz vergeben und verschenkt.

Darüber darf man auch nicht nachdenken.

Na ja. Diese Gedanken verwarf ich und konzentrierte mich auf gute Musik. Mein Freund hatte einen außergewöhnlich guten Musikgeschmack und ich wusste, dass heute Abend, wie in alten Zeiten, die besten der besten Platten aufgefahren werden.

Dann fiel mir noch dazu ein, dass die Party in einem professionellen Partybunker abgehalten werden würde, und da würden sicherlich eine Menge Leute hinkommen, um abzufeiern auf die guten Tage. In meinen Gedanken dämmerte es mir, und mir wurde meine gesellschaftliche Rolle und Haltung bewusst. Hm ... Wenn ich zurückdachte, dann sah ich eine Menge unerledigtes Zeugs rumschwirren und mir kamen all die Frauen hoch, denen ich ihre Herzen gebrochen hatte und die ich sitzen gelassen hatte, wegen einer anderen schönen Frau.

Darüber sollte man auch nicht nachdenken.

Lange Gedanken machte ich mir dennoch darüber und ich kam zu dem schweren Entschluss, dass ich wohl besser nur Hallo sagen sollte.

Hallo, hier bin ich und mich gibt es noch.

Ich faste eine schwere Entscheidung und innerlich feilte ich daran, wie ich meinen Kopf aus dieser Schlinge ziehen kann, ohne einen Gesichtsverlust hinnehmen zu müssen. Grübelnd und denkend wanderte ich zurück. Und wenn ich ihn einfach anrufen würde, um ihm zu sagen, dass mich ganz plötzlich eine Erkältung heimgesucht hätte? ... Oder besser: Meine Exfreundin wäre zu mir zurückgekommen und will, dass ich zu Hause bliebe, wenn mir was läge, an unserer gemeinsamen Sache. Ja ... irgendwie wollte ich es so machen. Anrufen schien eine perfekte Lösung zu sein. Perfekt, klar und einfach. Aber er kannte mich und meine Marotten. Ihm konnte ich nicht so einfach was vormachen. Außerdem fragte ich mich, was mit mir los war? Das wäre nicht mehr ich, wenn ich diese Party bewusst sausen lassen würde? In meinem Geist malte ich mir die schönsten Bilder dazu aus und ich konnte ... schon die Musik hören. Und wer konnte es wissen? Vielleicht würde dort eine Prinzessin warten und wollte nur mich haben.

All diese Fragen und Ideen stiegen mir über meinen Kopf. *Okay!* ... Schrie ich laut aus auf der Straße und meine Auffassung für die Party war besiegelt.

Ich will hingehen!

Weiter faste ich zusammen, dass ich nur zwölf Lieder hören wollte, ein Bier trinken wollte und ein wenig quatschen wollte. Mehr nicht. Danach würde es mir garantiert gut gehen und ich könnte gut schlafen, ohne mich zermartern zu müssen, warum ich denn nicht hingegangen bin? All meine Fragen hatten sich auch erledigt und alles in mir stellte sich nach vorne zur kommenden Party ein.

Zuhause angekommen legte ich erst mal entsprechende Musik auf. Ich zündete mir eine Zigarette an und ließ die Stimmung der Klänge auf mich wirken. Ich war mir jetzt sicher, dass ich die richtige Wahl getroffen hatte.

Mein Kleiderschrank wurde von mir durchstöbert und ich versuchte, mir vorzustellen, in was ich mich denn wohl fühlen würde.

Der Abend war gekommen und ich machte mich dahin auf.

Karla und Carlo

Hier sammelte sich das Abwasser aus den Haushalten. Es war Nacht, als er in einen Gully stieg, um seinen Verfolgern zu entkommen. Das passierte ihm nicht zum ersten Mal, aber diesmal lagerten sich die Dinge anders. Der Fall hatte sich zu einem großen Reinfall entpuppt. Im Moment gingen die Umstände nach hinten los. Wieder einmal saß Carlo unter den Straßen. Wenn Carlo alleine in so was drinsteckte, dann konnte er damit umgehen, aber Karla steckte auch drin.

Carlo setzte sich und erwärmte sich, an einem großen verkleideten Rohr, welches für Fernwärme zuständig war. Hier unten erschien die Umwelt noch dunkler als zu ebener Erde. Aber dafür wuselte, wimmelte und summte es überall, in allen Ecken. Das Licht viel spärlich aus. Hier unten über den wenigen Zugangstüren, die zu anderen Kanalisationsgängen führten, brannten Glühbirnen und mehr gab es nicht. Vereinzelt huschten Ratten an ihm vorbei. Auf der Jagd nach Beute. Dicke Insekten flatterten in Augenhöhe vorüber und suchten das Licht. Carlo kannte sich hier aus und er schwang sich auf, um die Wege zu gehen, unterirdisch. Was er dringend brauchte, war ein Telefon. Das gab es nur oben. Er konnte nicht an die Oberfläche zurückgehen. Seine Verfolger erwarteten ihn da. Karla befand sich jetzt in Gefahr und ihm waren die Möglichkeiten genommen worden, sie zu informieren. Alles, was ihm blieb zu machen, hieß laufen.

Da! Ein dunkler, großer und weiter Parkplatz eröffnete sich vor Karla. Es war noch früh und die Dämmerung ließ sich am Horizont erahnen. Eigentlich ließ sie auf sich warten. Ihr linker Arm umklammerte eine Briefmappe. Die Art, wie sie die Mappe trug, verriet ihre Angespanntheit. Unmöglich erschienen ihr der Ort und die Zeit, um eine Übergabe abzuhalten. Alles um sie herum war dunkel, ausreichendes Laternenlicht gab es nicht. Ihr wurde klar, dass das kein üblicher Parkplatz war, sondern eine willkommene Möglichkeit, ein Autowrack abzustellen. Die Autowracks standen in langen Reihen aneinander und Karla schritt an einer Wracklinie entlang. Sie wollte das Zentrum des Wrackhafens erreichen.

Karla, in Gedanken: »Was wird mich erwarten? Eine Horde Neandertaler, die sich über mich hermachen? Gleich kommen sie aus den Wracks gesprungen. Brüllend werden sie mich niederreißen! Oder? Mutanten! Blinde Mutanten, die mich nur riechen können. Vielleicht haben sie schon Witterung aufgenommen? Und bewegen sich jetzt sternförmig auf mich zu. Ganz langsam und behutsam tasten sie sich ihren Weg, jeder für sich, an mich ran. Sie wollen dabei keine Geräusche verursachen. War da nicht eben was? Okay! Komm mal runter!

Ganzkörperbehaarte Neandertaler, welche sich eine Schlacht liefern mit insektenhaften Mutanten. Diese Mutanten sind groß und stark. Und sie kämpfen um die Vorherrschaft. Und der Preis bin ich!«

Kommunikator: »Da geht was schief. Zieh dich raus!«

Karla hatte einen Empfänger in einem ihrer Ohren. Sie vernahm diese Nachricht und versuchte, sich zu orientieren. Sie tauchte in die nebenstehenden Wracks ab und bewegte sich schnell weg.

Ein Scharfschütze hatte Karla im Visier. Dieser war verschanzt in einem Baggerwrack und wartete die ganze Zeit auf sie. Ein gedämpfter Schuss löste sich. Danach verschwand er lautlos aus dem Bagger.

Karla sackte zusammen.

Als Karla zu sich kam, lag sie in einem Gerüst, welches ein Krankenbett als Basis hatte. Piepende und zirpende Instrumente flackerten um sie herum. Nach einer Weile wurde ihr klar, dass diese Geräusche verantwortlich waren für ihr Erwachen. Schläuche unterschiedlicher Art steckten in ihr drin und saugten Flüssigkeit aus ihr raus, oder pumpten Flüssigkeit rein. Ihr Raum war abgedunkelt und nicht besonders groß.

Die Tür ging auf. Vier Leute kamen rein und gingen zu ihr ans Bett. Diese Leute waren mit dunkelgrünen Kitteln bekleidet und trugen weiße Hauben auf ihren Köpfen. Eine Frau sprach sie an. Sie trug eine Brille mit kleinen Scheinwerfern am Rand.

Ärztin: »Karla, können sie mich hören?«

Karla: »Ja.«

»Sie machen gute Fortschritte, in ihrem Heilungsprozess. Wir haben sie vollständig hergestellt. In den kommenden Tagen werden ihnen die Schläuche gezogen. Danach bekommen sie Besuch von mehreren Animateuren. Für die Motorik. Was für den Kopf ist auch dabei.«

Nach drei Wochen war Karla soweit und konnte in ein allgemeines Krankenhaus verlegt werden. Dort galt sie als Straßenverkehrsopfer und kam, in Opferpose, auf eine Intensivstation. Endlich kam Karla an einen öffentlichen Telefonapparat ran.

Karla: »Hey ...«

Carlo: »Hey ...«

Karla: »... es geht noch 'ne Woche. Bist du klar? Ich vermisse dich schrecklich. Erzähl mir was Liebes ...«

Carlo: »Deine Lieblingsblumen blühen gerade in unserem Garten. In glühenden, leuchtenden Farben. Du weißt, welche. Die, die du gepflanzt hattest. Und wenn das Sonnenlicht sich darin fängt, dann singt die ganze Farbenpracht des Lebens und mir wird bewusst, wie sehr du mir fehlst.«

Papillo – Fragment 1

Papillo konnte diese Sache auf Kommando nicht vergessen. Seine Gedanken dachten darüber nach und dann fiel ihm auf, dass er selbst nicht wusste, wo er sich aufhielt.

Sein Helm konnte ihm auch dazu keine Auskünfte geben. Er dachte darüber nicht mehr weiter nach und ging dafür seinen Jobs nach, die er hier vorfand, wo immer Papillo sich auch aufhielt. Das hatte nichts mit seinen Diensten hier zu schaffen. Und irgendwo gab es ihm Beruhigung. Letztendlich schien er hier auch nur eine Art Roboter zu sein.

Da befand sich eine weitere merkwürdige Sache. Der gesamte Kai lag vor einer Betonfläche. Hier gab es kein Wasser, der Kai lag nicht an einem Meer. Diese Betonfläche umspannte den ganzen Kai und verlor sich in der Nebelwand. Papillo ging davon aus, dass diese gesamte Betonfläche auf der anderen Seite, hinter der Nebelwand, Anlaufpunkte besaß. Zum Kai selber rollten kontinuierlich große Frachter. Sein Helm bezeichnete sie als Frachter. Diese Frachter wollten entladen werden und beladen werden am Kai. Im Schnitt befanden sich dreißig Frachter zur gleichen Zeit hier.

Diese Frachter besaßen große Ausmaße. Ein solcher Frachter besaß Breite und Länge eines gesamten Olympiastadions, und seine Höhe konnte nicht wirklich eingeschätzt werden von Papillo. Sie kratzten nicht an der

Nebelwanddecke, sondern die Nebelwanddecke wurde von ihnen durchpflügt.

Die Frachter wurden von großen und breiten Raupenketten getragen und bewegt. Diese Raupenketten befanden sich unter einem Frachter und Papillo schätzte ein Glied von so einer Raupenkette auf die Größe eines Einfamilienhauses ein. Wenn so ein Frachter am Kai andockte, dann öffnete er danach seine gesamte vordere Front. Mehrere hundert Packer erstürmten diesen Frachter darauf und begannen, ihn zu entladen und gleichzeitig zu beladen. Das Lichtproblem wurde von den Frachtern selbst gelöst. Diese Frachter besaßen in sich drinnen und an sich dran genügend Scheinwerfer, um alles auszuleuchten, was die Arbeitsprozesse anging, um beladen und entladen zu werden.

Sein Helm sagte ihm, dass so ein Frachter keine Mannschaftsbesatzung besaß. Sondern jeder Frachter für sich war eine selbstständige Person, die alles alleine bewerkstelligte, was ihren eigenen Lieferprozess anging.

Ihm fiel auch auf mit der Zeit, dass er die jeweiligen Operationen von den jeweiligen Elementen hier an dieser Produktionsstätte nicht wirklich nachvollziehen konnte. Er sah, dass produziert wurde, und ein andauernder Strom existierte, von bearbeiteten Sachen und unbearbeiteten Sachen. Aber was produziert wurde und wie weit fertig gestellt wurde, das konnte Papillo nicht abschätzen. Alles, was ihm hier blieb, war seine eigene arbeitende Funktion.

Einmal beobachtete Papillo am Frachthafen eine Begebenheit, die sich einfach ergab. Er sah, wie ein We-we über den Kai flitzte, auf die offene Betonfläche wollte, um höchst wahrscheinlich da weiter zu rasen. Dieser rasende We-we wurde verfolgt von anderen rasenden Wewes. Der verfolgte We-we sprang auf den Beton und landete zwischen zwei Frachtern und suchte unter einem der Frachter Schutz in der Dunkelheit vor seinen Verfolgern. Vielleicht rannte er mit Absicht in eine Frachterraupe rein und versuchte, in ihrem Schatten zu entkommen. Es sah so aus für Papillo, dass dieser arme Teufel versuchte, sein Glück in der Ferne zu finden. In dem Moment, als er gerade die Kettenraupe verlassen wollte, um weiter zu rennen, ruckte der Frachter. Dem flüchtenden We-we wurden dabei drei Arme ausgerissen und er wurde dadurch unfähig, seine Flucht weiter fortzusetzen. Er taumelte auf den offenen Beton vor den Frachtern und kam da zum Erliegen. Der Frachter, der ihm drei Arme ausgerissen hatte, kam wieder zum Halten.

Der flüchtige We-we lag am Boden und verlor Öl. Es pumpte sich in dünnen Strahlen aus seinen Wunden raus und bildete kleine Öllachen um ihn herum. Seine drei ausgerissenen Arme steckten noch in der Raupe vom Frachter. Mit der Zeit konnte er sich nicht mehr bewegen, aber seine Augen blinkten noch und riefen nach Hilfe. Seine Häscher umzingelten ihn und schauten ihn an. Einer seiner Verfolger ging zu ihm und schloss einen Schlauch an ihm an. Er wurde darauf mit körperfremdem Öl versorgt, damit sein Kreislauf nicht zum Erliegen kam. Andere Häscher versorgten seine Wunden und brachten das auslaufende Öl zum Stillstand. Dann hoben sie ihn hoch und trugen ihn weg. Wieder andere nahmen seine Arme aus der Raupe raus.

Papillo, in Gedanken: »Wird er es schaffen?« Helm, in Papillo: »Warum machst du dir Sorgen um einen Wewe?«

Papillo, in Gedanken: »Ich bin ein Heiler. Darum mache ich mir Sorgen um ihn.« Helm, in Papillo: »Er wird es schaffen.«

Papillo hatte hier keine wirkliche Unterkunft. Wenn die Müdigkeit über ihn kam, dann schlief er einfach ein, an Ort und Stelle. Er unterhielt sich einmal mit seiner Lieblingsmaschine.

Papillo: »Ich brauche einen Ort, wo ich mich zurückziehen kann.« Lieblingsmaschine: »Ja, ich habe davon gehört, dass humane Wesen von Zeit zu Zeit sich innerlich regenerieren müssen. Sie schalten ihr Bewusstsein ab und sind für Außenstehende nicht ansprechbar. Verhält sich das so?«

Papillo: »Ja .... Dafür sind wir ungefähr sechzig Jahre leistungsfähig. Wie lange seid ihr leistungsfähig?«

Lieblingsmaschine: »Was meinst du mit sechzig Jahren?«

Papillo: »Da, wo ich herkomme, rechnet man die Zeit in Tagen und Jahren.«

Lieblingsmaschine: »Was sind Tage? Was sind Jahre? Ich kenne das nicht.«

Papillo: »Da, wo ich herkomme, geht die Sonne auf und unter. Weil mein Heimatplanet sich in sich dreht. Dadurch entstehen Tage. Nacht und Tag ... Ich lebe, auf einem Planeten, der einen Stern umkreist. Eben die Sonne. Mein Licht ... Es dauert ungefähr 365 Tage, bis mein Planet eine gesamte Runde um seinen Stern gemacht hat. Wenn mein Planet das machte, ist ein Jahr vergangen. Das bedeutet für ungefähr sechzig Umdrehungen, bin ich leistungsfähig.«

Lieblingsmaschine: »Erstaunlich, du musst mir mehr erzählen von dir. Du kannst bei mir bleiben. Mein Reserveöltank wurde noch nie benötigt von mir. Da kannst du dir eine Wohnstätte einrichten.«

Papillo – Fragment 2

Da war eine Geschichte gewesen, schon lange her und sie betraf ihn. Und diese Geschichte betraf ein paar Leute aus seinem Freundeskreis dazu. Damals drangen sie in ihrem ungestümen Verhalten ein, unerlaubt in eine Bibliothek. Es war schon dunkel gewesen und sie wussten nicht, was sie mit ihrer Zeit anfangen konnten.

Auf der Suche nach Abenteuer machten sie sich auf und nahmen sich die Bibliothek zum Ziel.

Die Kids drangen nachts da ein und machten sich einen Spaß daraus. Sie gingen durch den Keller und hatten sich dafür extra mit Taschenlampen ausgestattet. Neugierig und staunend wurde die Kellerräumlichkeit ausgekundschaftet. Regale wurden durchstöbert und Kisten geöffnet, um unbekannte Dinge oder Informationen zu entdecken. Die Kids fühlten sich dabei wie Entdecker von unerwarteten Neuigkeiten und Welt verändernden Möglichkeiten. Ihr Forschungsdrang kannte keine Grenzen.

Mit der Zeit im Keller kamen sie zu einer Tür. Diese Tür wurde wissbegierig geöffnet von ihnen. Sie erstürmten den neu entdeckten Raum und verteilten sich da drinnen.

Einer von ihnen betätigte einen Lichtschalter und glaubte, dass das Licht angehen würde. Immerhin konnte nichts erkannt werden in diesem Zimmer. Dieser Schalter sah auch so aus wie ein Lichtschalter. Nur er benahm sich nicht so, wie ein Lichtschalter. Anstelle, dass Licht anging, erstrahlte eine Lichtgestalt inmitten der Kids, und bei näherem Hinsehen ergab es einen leuchtenden Mönch.

Dieser Mönch hatte eine freundliche Erscheinung. Das Licht strahlte aus ihm heraus und erweckte den Eindruck, dass dieser Mönch so eine Art Halogenlichtnetz repräsentierte. Auch hatte er eine normale Größe für einen Mönch abgegeben. Ruhig lächelte er, wie eben Mönche lächeln, wenn sie sich unter Bürgern bewegen. Er blickte freundlich in die Gesichter der Kids. Dieser Mönch beobachtete seine Gesellschaft um ihn herum und dann legte er seine Hände zusammen, wie zum Gebet. Die Kids konnten nicht mehr bei sich halten. Zu groß und mächtig erschien ihnen das Erlebnis.

Mit lautem Schreien und Kreischen rannten sie panisch umher und drängelten sich zur Tür, um raus zu kommen.

Alle Kids rannten weg, bis nur noch ein Kid da stand und schockstarr den Mönch angaffte. Anscheinend konnte es sich nicht bewegen. Es brabbelte irgendein Zeug daher und konnte sich nicht aufraffen zu gehen. Sein Name lautete Papillo.

Mönch: »Hallo, junger Freund. Sei gegrüßt. Es handelt sich zwar um eine ungewöhnliche Zeit, aber nenne mir deine Wünsche und ich will sehen, ob ich sie erfüllen kann ... Du musst schon reden. Ich bin nicht befugt, deine Gedanken zu lesen.«

Papillo: »W-w-was bist du? Ein Gespenst?«

Mönch: »Aber nein. Sei versichert, von mir geht keine negative Aggression aus ... Jemand hat mich aktiviert ... Sage mir, was kann ich machen?«

Papillo entspannte plötzlich und wurde locker und ruhig.

Papillo: »Kannst du die Zukunft sehen?«

Mönch: »Das nun gerade nicht. Aber ich kann dir sagen, wo du mehr darüber erfahren kannst. Und nicht nur das. Auch über die Vergangenheit und die Gegenwart.«

Papillo: »Wo?«

Mönch: »Da gibt es einen zugeschütteten Tempel, welchen du leicht anhand der Kanalisation finden kannst. Genau so einfach findest du den Zugang zu diesem Tempel. Ich kann dir Lageplan und Schlüssel geben dafür.«

Papillo: »Ja ... ich will. Ich will *da* hin gehen.«

Der erleuchtete Mönch griff hinter sich, Papillo konnte nicht sehen, was er machte, und brachte einen Plan und einen Schlüssel hervor. Er reichte diese Dinge Papillo entgegen. Papillo schnappte danach und steckte sie ein. Dann machte er sich auf und wollte gehen.

Mönch: »Ach, junger Freund. Wenn du gehst, schalte mich bitte wieder ab. Dann kann ich zurück in mein Rechenzentrum gehen und habe meine Ruhe.«

Warum hatte Papillo in all den Jahren nicht mehr daran gedacht? War das Erlebte so schrecklich? Musste er es gleich so krass verdrängen, dass nie daran gedacht wurde?

Irgendwo in seiner alten großen Spielekiste lagen Plan und Schlüssel verbuddelt. Er musste diese aufsuchen und ausfindig machen.

Diese Pappkiste versteckte er in seinem Kellergehege. So nannte Papillo das ihm zugeteilte Abteil im Keller seines Hochhauswohnsilos. Neben seinem Austauschmotor für PKWs und seinem Fahrrad, stand seine Spielekiste. Diese Kiste beinhaltete einen großen Teil seiner Kindheit. Ihm wurde klar, dass es ihn zurückkreisen lassen würde. Und finden würde er Etagen, Passagen der Vergangenheit, die einmal sehr bewegend auf ihn eingewirkt hatten. Seine Gedanken machten es ihm nicht einfach. Aber die Neugier gewann. Papillo entschloss sich und ging seinen Keller aufsuchen.

Fieberhaft wühlten seine Hände in der Kiste. Alte Erinnerungen tauchten auf und zeigten sich aktuell in neuem Glanz.

Papillo kramte sich durch Bauklötze und an Spielzeugautos vorbei, immer weiter rein. Erstaunt hielt er inne, als kleine Astronauten ausgebuddelt wurden. Ihm schoss es wie ein Blitz durch sein Gehirn. Da erwarteten ihn noch die speziellen Mondfahrzeuge von den Astronauten und die Düsenflieger mit Bordkanone und Geschossen. Allein die Mondstation der Astronauten löste ein wonniges Wohlgefühl in ihm aus. Dabei stiegen Erinnerungen an die Zukunft auf. Er wollte Astronaut werden und neue Weiten im Universum erforschen. Neue Herausforderungen annehmen und mit den Außerirdischen Kontakt pflegen. Als er klein gewesen war, drehte sich seine Welt unter anderem um interplanetare, intergalaktische Raumfahrt.

Wir wissen überhaupt nichts. Wir wissen gar nichts.

Papillo fiel ein, dass der Schlüssel und der Plan in einer alten Zigarrenschachtel sich aufhalten mussten. Diese Schachtel hatte ihm Großonkel Erwin einmal geschenkt. Großonkel Erwin und er rissen die alte Laube von ihm ab, um eine neue Laube in Erwins Garten entstehen zu lassen.

Onkel Erwin war echt okay.

Die bedachte Zigarrenschachtel tauchte auf. Seine Hände umklammerten diese und zogen die Schachtel an die Oberfläche. Diese Schachtel war mit Garn umschlungen und Papillo erinnerte sich, dass das damals eine Vorsichtsmaßnahme darstellte, gegenüber seiner neugierigen Mutter.

Papillo fühlte sich abgekämpft und er setzte sich auf den Kellerboden. All diese Erinnerungen machten ihm arg zu schaffen. *Ach, was soll's, geh ich eine rauchen und komme wieder.* Gedacht und los ging es. Papillo entfernte sich aus dem Keller und ging vor die Tür. Ihm war nach einer Zigarette zumute.

Die Schachtel musste erst mal aufgeknüppert werden. Danach ließ sie sich öffnen. Und so verhielt es sich, wie angenommen. In der Schachtel befanden sich der Plan und der Schlüssel.

Mit einer Taschenlampe bewaffnet watete er durch einen düsteren, unterirdisch liegenden Kanal. Laut Plan musste hier irgendwo eine Tür sein. Mit seiner Lampe wurden die Kanalwände erleuchtet. Es fühlte sich kalt und feucht überall an, egal, wo er anfasste. Er konnte hören, wie es kontinuierlich tropfte und plätscherte im Gang. Ab und zu summte ein Insekt ihm entgegen und wollte unbedingt in eines seiner Augen fliegen. Anscheinend hatten diese Insekten selbst keine Augen im Kopf. Dafür waren sie rund und dick und Papillo überlegte, ob er sich bei ihnen vielleicht entschuldigen sollte. Immerhin drang er in ihren Lebensraum ein. Und nicht sie in seinen. Auch hörten seine Ohren Ratten trappeln, aber er wollte wirklich keinen Kontakt mit ihnen haben. Darum ignorierte er diese Geräusche und konzentrierte sich voll und ganz auf die versprochene Tür zum Tempel. Jedenfalls versprach es der Plan.

Und da kam eine Tür. Vor ihm, ungefähr zehn Meter entfernt, tauchte eine Tür in der Kanalwand auf. Hastig schritt er darauf zu. Diese Tür lag erhaben in der Wand. Eine alte Steintreppe führte zu ihr rauf. Diese Steintreppe wurde überwuchert von Moosgewächsen und wunderschönen bleichen Pilzgewächsen. Dazwischen bewegten sich Ratten. Zum Glück benehmen sich die Ratten äußerst lichtscheu und es reichte aus, wenn Papillo sie einfach nur anleuchtete mit seiner Lampe. Dann sprangen sie auf und rannten weg.

Papillo stieg die rutschigen Treppenstufen rauf. Als er auf dem Portal zum Stehen kam, konnte er erkennen, dass es sich nicht wirklich um eine Tür handelte. Sondern um einen Durchgang zu einer Tür? *Das war keine wirkliche Tür.* Es handelte sich eher um ein Tor. Dieses Tor wurde durch zwei Eisentüren versperrt. Er ging zu diesen Eisentüren und leuchtete sie ab nach einem Schlüsselloch. Zwischen dickem Rost und alter Farbe fand er ein Schlüsselloch. Er probierte seinen Schlüssel darin aus. Zum Glück hatte er nichts an dem Schlüssel befestigt. Dieser Schlüssel wurde langsam eingesaugt von dem Schlüsselloch und verschwand ganz von der Bildfläche. Weg war er. Seine Ohren hörten es rumpeln, poltern und knallen, dann hoben sich die beiden Eisentüren an.

Wie lange mögen diese Türen geruht haben? Sie verschwanden in der Decke.

Vor ihm tat sich ein hell erleuchteter, großer und hoher Durchgangsraum auf. Wärme strahlte ihm entgegen. Wie magnetisch angezogen schritt Papillo hinein. Er konnte erkennen, dass dieser Bereich zu einem weiteren Raum führte. Seine Füße bewegten sich weiter hinein und nun sahen seine Augen, dass der weitere Raum in Wirklichkeit eine große Halle repräsentierte. Diese Halle schien hoch und weit.

Noch etwas erschien ihm merkwürdig. Seine nassen Schuhe fühlten sich wieder trocken an. Genauso seine nassen Hosenbeine. Seine gesamte Kleidung fühlte sich wohlig warm und leicht an auf seiner Haut. Die große Halle wurde spärlich beleuchtet. Woher wohl das Licht kam, konnte nicht ausgemacht werden. Im Zentrum der großen Halle stand ein breiter Tisch und drumherum befanden sich gepolsterte Stühle. *Jemand saß an dem Tisch.*

Papillo bekam immer mehr den Eindruck, dass auf ihn gewartet wurde. Er lief entschlossen auf den Tisch zu.

Person: »Willkommen, Papillo, komm heran. Du bist zur richtigen Zeit gekommen.« Papillo trat an die Person heran. Diese Stimme kannte er, aber sie ließ sich nicht in den Zusammenhang bringen. Bei näherem hingucken zur Person erkannte er seinen Meister aus seinem geliebten, beliebten Betrieb, wo er immer hinging und die meiste seiner Zeit verbrachte. *Das war tatsächlich sein Abteilungs-meister. Wie?*

Meister: »Ha, ha, ha .... Keine Sorge. Es wird dir nichts passieren. Komm, komm, und lass uns reden.«

Papillo: »Träume ich?«

Meister: »Du träumst nicht. Du hast einen langen Weg, einen sehr langen Weg hinter dich gebracht .... Setz dich.«

Papillo setzte sich mit an den Tisch.

Meister: »Lass uns reden .... Du kannst mich jetzt alles fragen. Hier ist Raum und Zeit dafür ... Hier.«

Papillo: »Warum kann ich träumen?«

Meister: »Dein Bewusstsein wurde nachträglich erweitert. Das hat zur Folge, dass dein Hirn träumt .... Während dein Körper sich ausruht und schläft, langweilt sich dein Gehirn und beschäftigt sich mit sich selber .... Ganz einfach.«

Papillo: »Warum?... Warum ich?«

Meister: »Ach ja .... Änderungen in der Haushaltsplanung führten zu diesem Schritt .... Investitionen wurden neu bewertet und am Schluss stand fest, dass wir vorhandenes Kapital ausgiebiger zu nutzen haben.«

Papillo: »Warum?«

Meister: »Was meinst du mit warum?«

Papillo: »Was hat das zu bedeuten? Was sie da geredet haben, eben. All dieses Zeugs?«

Meister: »Letztendlich nur, dass du ein fähiger Mann bist ... Deine Qualifikationen sind von einem hohen Wert für uns, und deine persönlichen Leistungen im Arbeitsprozess sind auch sehr gut.«

Papillo: »Mein Bewusstsein wurde vergrößert. Wieso?«

Meister: »Mein Junge, du bist ein Teil eines sehr großen Unternehmens. Einer sehr großen profitablen Sache, und du wurdest erwählt. Du wurdest auserwählt .... Du bist dafür bestimmt worden. Du bist was Besonderes. Freue dich und sei glücklich.«

Papillo konnte seinem Meister nicht folgen. Zu groß schien seine Verwirrung zu sein. »Was hat das zu bedeuten?«

Meister: »Mein Junge. Ha, ha, ha ... Das Unternehmen will dich in naher Zukunft auf Montage schicken ... Gut, es wird zuerst ein Testlauf sein. Aber dann ... Wenn du diesen gut machst, dann wird es für dich viele solcher Einsätze geben ... Ha, ha, ha ... Das wird ein großer Spaß, wirst es sehen ... Ha, ha, ha.«

Papillo: »Mein Bewusstsein wurde erweitert, damit ich auf Montage gehe?«

Seine Sinne bekamen die Zusammenhänge nicht in Reihe geschaltet.

Meister: »Es ist so, wie ich es sagte ... Du musst parallel denken, mein Junge. Wir beabsichtigen, dich auf Montage zu schicken. Um das alles geistig, emotional und körperlich bewältigen zu können, brauchst du ein größeres Bewusstsein, einen größeren Puffer.«

Papillo: »Wissen sie eigentlich, wie ich dazu kam hier heute zu sein? Und warum bin ich hier?«

Meister: »Ach, mein Junge ... Was soll ich dir sagen?... Die Dinge sind nicht das, was sie scheinen .... Alles passiert zur gleichen Zeit. Das mit der Reihenfolge ist ein Wunschdenken unserer Spezies, gewöhne dich an neue Verhältnisse und Begebenheiten. Dir steht das Universum offen und du musst nur zupacken. Aber das geht nur, wenn du dich daran gewöhnt hast .... Das wolltest du doch immer. Ich weiß das.«

Papillo: »Das Universum. Ja! Und sie können mir dazu verhelfen?«

Meister: »Mehr Bewusstsein ... Du wirst eine Menge neu lernen, erleben, durchleben, von dem du dir im Moment noch keine Vorstellungen machen kannst .... All das darf dich dabei nicht überwältigen. Fangen wir an. Du bist gekommen, weil du Fragen hast.«

In Papillo formte sich ein großes Fragezeichen. Das schien so übermächtig zu sein, dass es seinen Kopf senkte. Sein Kopf begann damit, Kopfschmerzen zu bekommen. *Wie konnte das sein? All diese merkwürdigen Äußerungen des Meisters.* Und Papillo konnte davon kein Wort verstehen und nun sollte er alle Fragen stellen, die ihm einfallen. Sein innerstes zerfurchte sich mit Zweifeln und Verwirrungen. Aber mit einer Sache hatte sein Meister ihn bekommen: *dem Universum.* Wenn er das richtig verstanden hatte, dann wollten sie ihn ins Universum schicken. Ein ewiger Traum würde für Papillo in Erfüllung gehen.

Eine dritte Person kam langsam zum Tisch heran. Papillo konnte diese nicht genau registrieren. Zu stark beschäftigte er sich mit sich selbst. Diese Person war gekleidet wie ein Kellner und schob einen fahrbaren Esstisch vor sich her. Auf dem Esstisch befanden sich dampfende, wohl riechende, warme Lebensmittel. Auch befanden sich unterschiedlichste Getränke an Bord, außerdem Teller, Bestecke und Gläser.

Meister: »Lass uns essen, bevor alles kalt wird.«

Es durfte herrlich nach Gebratenem. Der Kellner stellte alles auf den Tisch und fuhr dann mit seinem leeren Esstisch fort.

Nach dem Essen lehnte Papillo schwer in seinem Stuhl und hielt sich seinen Bauch.

Papillo: »Ich habe einen alten Mann getroffen. Der erzählte mir eine Wahnsinnsgeschichte über diese Welt. Aber ich kann mich daran nicht mehr erinnern. Wer ist dieser Mann?«

Meister: »Hört sich nach einer merkwürdigen Begegnung an.«

Papillo: »Der trug eine Fliegermütze, in Weiß. Und ich konnte komische Tattoos an ihm erkennen.«

Meister: »Das schien Venator zu sein. Das ist ein Freibeuter. Er erbeutet talentierte Wesen, die richtig gutes Wissen draufhaben und gut arbeiten können damit. Ganz besonders mag er unsere Spezies. Venator verkauft seine Beute an den Meistbietenden, auf freien Märkten, und damit macht er seinen Reibach.«

Papillo: »Wie, bitte? ... Wo? ... Was?«

Meister: »Jaja. Selbst unser Unternehmen ist ein Kunde von ihm.«

Papillo suchte in den Augen des Meisters nach weiterer Bestätigung des eben Gehörten. *Er konnte es nicht glauben. Hatte er sich verhört?*

Meister: »Mach dir keine Sorgen ... Wir pfeifen Venator zurück. Der lässt dich in Ruhe ... Bei uns bist du sicher.«

Der Meister musste ein wenig lachen und schaute beruhigend Papillo an.

Papillo: »Was habe ich mit dieser Sache zu schaffen?«

Meister: »Willst du das wirklich wissen? Du bist ein Wesen humaner Bauart. Aber du bist nur zu einem gewissen Teil ausgestattet. Eben eine perfekte Arbeitsmaschine. Du bist und bleibst ein Jünger des Unternehmens. Es ist kostengünstiger, seinen eigenen Nachwuchs aufzuziehen und zu benutzen. Du bist einer davon. Macht dich das stolz? Natürlich macht dich das stolz, ich sehe es dir an.«

Papillo: »Also bin ich ein Roboter? Ich kann die Dinge nur ein wenig einschätzen? Wollen sie mir das sagen?«

Meister: »Denke nicht schlecht darüber. Du musst die individuelle Chance sehen, die da drin steckt, und betrachten. Nutze deine Zeit und mach was aus dir. Das ist besser als nichts. *Nichts zu machen und nichts zu erleben. Es bleibt nach wie vor dein Leben.*«

»Habe ich eine Wahl?« Papillo drehte sich der Magen um und am liebsten hätte er alles erbrochen. *Wenn das Essen nicht so vorzüglich gewesen wäre.*

Meister: »Letztendlich haben wir alle eine Wahl.«

Papillo: »Ich könnte das alles publik machen.«

Meister: »Und wer würde das glauben?... Damit würdest du dich lächerlich machen. Pass auf, etwas, für deine Erzählungen: Du hast mich hier gefunden, weil du mich hier finden solltest. Was sagst du dazu? Ha, ha, ha!«

Papillo rutschte nervös auf seinem Stuhl hin und her.

Meister: »Frage einfach weiter.«

Der Kellner tauchte wieder auf mit seinem Servierwagen. Papillo hatte ihn schon wieder nicht kommen hören. Diesmal brachte er Kaffee und diverse Kuchen an den Tisch.

Meister: »Lass uns Kaffee trinken. Ich habe jetzt Kaffeedurst.«

Papillo machte sich über den köstlichen Kuchen her. Obwohl er schon gut gegessen hatte, ging der Kuchen dennoch rein. Sein Leben schien doch sonst einfach zu sein. Femina liebte ihn und wollte endlich Kinder mit ihm haben. Er hatte ein Leben und er wollte doch nur seine Ruhe haben. *Wieso musste jetzt so was quer kommen?*

Papillo schaute sich um, konnte jedoch nichts Genaues erkennen. Zu groß schien auf einmal diese Halle geworden zu sein. *Wo war er eigentlich?* Da waren seine festen Wege und Fahrpläne. Die konnte er doch nicht einfach aufgeben? Nein. Das ging nun wirklich nicht. Außerdem. Femina verließ sich auf ihn. Ja, genau. Mit diesem Argument wollte Papillo kommen und seinem Meister sagen, dass er mit seiner Braut eine Familie plane, und er kann das nicht machen deswegen. Im Grunde schien sein Schicksal schon besiegelt zu sein von anderen Personen. Mal wieder andere Personen bestimmten über sein Leben. Er musste mitmachen, sonst gab es nichts.

Papillo: »Ich fühle mich zum Kotzen.«

Meister: »Ich weiß. Da mussten wir alle durch.«

Papillo: »Wie soll ich mich verhalten?«

Meister: »Das ist dein Leben. Mach was draus. Spiel mit. Es wurde entschieden, dich zu erwägen, für spezielle Einsätze. Ich hatte auch für dich gestimmt. Und so wurde der Mönch in deine Vergangenheit geschickt. Damit du herfindest und das Tor öffnest. Sorge dich nicht. Es ist dein Leben und bleibt dein Leben. Erkenne deine Chance darin. Du wolltest das Tor aufbekommen. Du wolltest doch immer neue Welten entdecken und in Regionen vordringen, die noch keiner von deinen Leuten entdecken konnte. Oder jemals entdecken wird. Jetzt hast du die Wahl. Ich biete dir eine einmalige Gelegenheit für eine wirklich gute Chance. So was wird nie wieder kommen. Denke darüber nach: Ja oder Ja?«

Papillo: »Darüber würde ich gerne hundert Jahre nachdenken.«

Meister: »Ha, ha, ha, ha, ha! Junge, du gefällst mir! Ha, ha, ha, ha, ha!«

Obwohl Papillo saß, schwindelte es sehr in seinem Kopf. Er hätte sich gerne hingelegt. *Irgendwo.* Die Dinge um ihn herum drehten sich. Ein Gefühl von Übelkeit stieg auf in ihm. Der Meister bemerkte sein Unwohlsein und zog neben sich eine Schublade auf. Er entnahm ihr einen verchromten Jethelm und stellte diesen auf den Tisch, in Richtung von Papillo.

»Ich kann dir Linderung geben. Dieser Helm kann deine Hirnströme beruhigen. Und deine Nerven zur Entspannung kommen lassen. Des Weiteren wird er dir Optimismus einhauchen. Aber du musst es freiwillig wollen, du musst den Helm aus eigenen Stücken aufsetzen und wollen. Sonst funktioniert es nicht.«

Papillo ging es schlecht. Er glaubte nicht mehr daran, in seinem Gefühlsstadium noch eine Wahl haben zu können. Im Grunde konnten sie machen, was sie wollten mit ihm. »Was wird dieses Ding mit mir machen?«

»Spezielle Wellen senden, durch dein Gehirn.«

Entschlossen griffen seine Hände den Helm. Der Helm stülpte sich über seinen Kopf.

Meister: »Wenn du wieder auf dem Dampfer bist, sagt es dir der Helm. Danach schaltet er sich ab.«

Papillo wurde durchströmt von Wellen. Diese Wellen prickelten durch seinen gesamten Körper. Sie ließen sich spüren in seinen Haarspitzen und seinen Zehennägeln. Alles um ihn herum beruhigte sich und nahm schöne Farben an. Stabilität machte sich in ihm breit und sein Körper entspannte sich.

Helmstimme, in Papillo: »Funktionsstatus ist wieder komplett. Haben sie einen schönen Tag.«

Papillo: »Mir wurde ein schöner Tag gewünscht?«

Meister: »Du kannst den Helm abnehmen.«

Papillo fühlte sich stark und entspannt und high. »Nehmen wir einmal an, ich mache das. Das Universum und ich.«

Der Meister lachte. »Jeder Einsatz dauert niemals länger als sechs Monate. Alle deine erlernten Fähigkeiten kämen zum Tragen und unterwegs musst du dazu Weiterbildungen machen. Was glaubst du, wie alt bin ich?«

Papillo: »Die Rente lasst grüßen?«

Meister: »Ich habe 62 Erdenjahre auf meinem Buckel. Das mach mir erst mal nach. Zusammen mit meinen Dienstjahren komme ich auf ein Alter von 372 Jahren, jaja .... ha, ha!«

Papillo: »?«

Meister »Ja ... Das macht dich abhängig mit der Zeit und du willst immer mehr. Du wirst es selber erleben. Das funktioniert so: Du wirst tiefgefroren und im Schlag an deinen Bestimmungsort gebracht. Dort wirkst du für ein halbes Jahr. Dann geht's tiefgefroren wieder zurück. Wenn du hier erwachst, ist hier genau ein Tag vergangen und du fühlst dich entspannt und lebendig und gut. Du denkst, dass du das alles nur geträumt hast. Jaja, schönen Gruß von der Psyche. Komm mit, lass uns zu deinem Transporter gehen.«

Der Meister und Papillo standen auf und schlenderten dann aus der Halle hinaus.

Papillo: »Ich will eine Familie haben, will heiraten. Ich will meine Ruhe haben. Meine Braut verlässt sich auf mich.«

Meister: »Das kannst du alles haben. Nichts steht dir im Weg. Ansonsten, du musst Geld verdienen. So, oder so, warum nicht damit? Zeit ist relativ. Das sage nicht nur ich.

Deine Familienzeit wird nicht darunter leiden. Deine Familie und du. Ihr werdet voll abgesichert sein. Siehe mich, ich habe drei Kinder, die selber schon Kinder haben. Oje, ich bin Opa. Lass uns das Thema wechseln.«

Papillo und der Meister kamen in einem Zimmer an, auf dessen Boden drei menschengroße kokonartige Gebilde lagen. Als sie sich einem Kokon näherten, stellte Papillo fest, dass der Kokon größer im Volumen war, als angenommen.

Von irgendwo her kam das Licht. Papillo konnte keine Scheinwerfer sehen. Der Kokon beinhaltete ein Computerdisplay, worauf sein voller Name stand. Langsam öffnete sich der Kokon selbsttätig. »Wie lange werde ich unterwegs sein?«

»Morgen bist du wieder da. Das ist nur ein Testlauf.«
Der Meister deutete zur Seite. »Siehst du das Transportmittel neben deinem? Das ist mein Transport, mein Abenteuer. Morgen sehen wir uns wieder und dann gehen wir erst mal Frühstücken.«

Papillos Kokon leuchtete von innen. Es schien gut bepolstert zu sein und machte einen wohligen Eindruck. Er stieg ein. Über sich konnte er keine begrenzende Decke ausmachen. Genauso konnte Papillo nicht einschätzen, ob über ihm ein Atmosphärenhimmel stand oder keiner.

Hier war es weder kalt noch warm. Auch strahlte kein direktes Licht auf ihn ein. Die Lichtverhältnisse schienen eher schummrig und vernebelt.

Es machte den Eindruck einer großen Wolke um ihn herum. Egal, wo er hinging, oder sich aufhielt, verweilte diese Wolke alles einnebelnd. Vielleicht existierte so eine Wolke nicht, sondern die gesamte Atmosphäre bestand aus einer einzigen Nebelbank. Wenn Papillo in die Ferne blickte, kamen seine Augen maximal zwanzig Meter weit. Danach tauchte die Landschaft in blau-grauen Nebelschwaden unter.

Um ihn herum standen überall Maschinen. Er stand mitten in Maschinen. Jede Maschine nahm eine Fläche von schätzungsweise 25 Quadratmetern ein. Und jede Maschine war um sich herum vollständig gekapselt. Dadurch wurden ihre Arbeitsgeräusche drastisch gedämpft und das hatte zur Folge, dass hier an diesem Ort nur ein gleichmäßiges, permanentes Rauschen zu hören war. Um jede Maschine lagen Transportstraßen, so genannte Ladestraßen. Diese Ladestraßen ordneten sich von oben betrachtet gitterförmig an, um die Maschinen herum. Dadurch ergaben sich schachbrettartige Flächenkonturen aus Maschinen und Ladestraßen. Papillo konnte nicht abschätzen, wie viele Maschinen insgesamt hier arbeiteten. Es machte den Eindruck, dass sehr viele Maschinen hier arbeiteten. Papillo wusste nicht, wohin es ihn verschlagen hatte. Handelte es sich um eine Werkshalle? Oder um sonst was? Vielleicht ein Werksplanet? Alles, was er im Moment wusste, bedeutete so viel, dass sie ihn auf eine Testlaufbahn geschickt hatten.

Papillo kannte diese Maschinen nur allzu genau. Das waren diese Maschinen, die er in seinem Betrieb zu Hause zusammen schraubte und wartete. Genauso wusste er auch über die Ladestraßen Bescheid. Die schraubte er auch zusammen und wartete sie. Ihm wurde sofort klar, was seine Aufgabe hier bedeutete.

Diese Maschinen arbeiteten hier wohl ohne Pause. Sie arbeiteten permanent rund um die Uhr. Das Atmosphärenlicht schummerte vor sich her. Es nahm nie ab, oder zu. Mit der Zeit bekam Papillo raus, wo das wenige Licht her kam. Es ging von den arbeitenden Maschinen aus. Ihr Licht leuchtete immer und beleuchtete ihre zu bearbeitenden Werkstücke, die sie gerade im Eingriff hatten. Genauso rauschten die Ladestraßen ohne Unterbrechung ihre Werkstücke zu den Maschinen, hin und her. Sie brachten den Maschinen neue Werkstücke zum Bearbeiten oder holten bearbeitete Werkstücke von den Maschinen ab. Ein neues Werkstück zum Bearbeiten wurde an eine Maschine gefahren und wartete dort einen kurzen Moment, bis die Maschinenluke sich öffnete und es automatisch hineingeholt wurde von der Maschine. In diesem Zeitraum öffnete sich eine weitere Luke, aus der das bereits bearbeitete Werkstück an die Ladestraße übergeben wurde.

Diese Ladestraßen funktionierten autonom und wurden von den Maschinen angefunkt, wenn Werkstückwechsel verlangt wurde. Die Maschinen funktionierten ebenso autonom, trafen ihre Entscheidungen eigenständig. Jede Maschine für sich. Unter anderen Möglichkeiten konnte so eine Maschine erkennen, wann eines ihrer Werkzeuge stumpf wurde, oder war. Dann verlangte sie einen Werkzeugwechsel, wenn in ihrem eigenen Werkzeugmagazin kein passendes Ersatzwerkzeug auffindbar war.

Den Werkzeugwechsel übernahmen Laderoboter. Genauer gesagt nannten diese sich We-we und jeder hatte eine eigene Nummer.

Auf Papillo machten diese We-wes einen kuriosen Eindruck. So etwas hatte er bis da hin noch nie gesehen. Diese Wesen besaßen acht Arme und an jedem Arm befand sich eine Hand mit sechs Fingern sowie einem Daumen. Auf ihrem Rücken trugen sie jeweils ein revoltierendes Werkzeugmagazin mit fünf Werkzeugen bestückt. Auch besaßen sie einen beweglichen Schwanenhals und einen Kopf mit zwei großen Glubschaugen.

Da jede Maschine von einer Kapsel umgeben war, brachte das den Vorteil für die We-wes, dass sie über die Maschinen klettern konnten. Sie liefen meistens auf den Maschinen herum und wechselten dort, vom Dach einer

Maschine aus, Werkzeuge. Auf ihren Dächern hatten die Maschinen Luken für den Werkzeugwechsel.

Lange Strecken überbrückten die We-wes in der Luft sausend an gespannten Kabeln. An so einem Kabel hangelten sie sich entlang oder rutschten daran herum. Das frische Werkzeug holten die We-wes aus einem Turm. An diesem Turm krabbelten nur We-wes rauf und runter oder diagonal entlang. Papillo konnte nicht abschätzen, wie hoch der Turm in seiner ganzen Größe sich verhielt. Die Nebelwand versperrte die Sicht dafür. Das Flächenmaß des Turms taxierte er auf sechshundert Quadratmeter.

Ihm wurde von den arbeitenden Elementen ein Name gegeben, damit sie ihn adressieren konnten, wenn sie seine Arbeit brauchten. Sein Name lautete Human 4001 und Papillo bekam einen Helm.

Dieser Helm nützte ihm viel hier. Er besaß kleine Halogenscheinwerfer auf der Stirn und an den Seiten, und er kommunizierte mit Papillo. Wenn Papillo mit dem Helm kommunizierte, dann geschah das im Kopf, *direkt in Papillos Bewusstsein.* Dieser Helm erklärte ihm seine genauen Arbeiten hier und übernahm alle wichtigen Bestellungen an Werkzeugen und Ersatzmaterialien, die er zum Arbeiten brauchte.

Des Weiteren konnte der Helm alle hier gesprochenen Sprachen sprechen und für Papillo übersetzen. Das schien das A und O zu sein, hier, mit den anderen Werktätigen. Nur mit einer guten Kommunikation konnte gut zusammen gearbeitet werden mit allen.

Auch sagte der Helm, wie er zu gehen hatte, damit optimale Wege gefunden wurden zu seinen Arbeitsplätzen.

Papillo stellte bald fest, dass niemand hier seinen Humor verstand. Auch nicht sein Helm. So beendete er bald seine Witzeinlagen und beschränkte sich ausschließlich auf fachliche Belange. Seine Jobs beliefen sich dahingehend, dass er sich um die Wehwehchen aller arbeitsfähigen Elemente kümmerte. Wenn eine Maschine absolut nicht mehr wollte, dann wurde sie im Gesamten von oben aus ihrem Maschinenbett gehoben. Sie verschwand im Nebel auf Nimmerwiedersehen. Auf das freie Maschinenbett wurde eine neue Maschine von starken Krangreifern gesetzt und Papillo machte sich dann bekannt mit ihr.

Einmal bekam er einen Ruf von einer Ladestraße, wegen abgenutzter Lager. Die akute Stelle befand sich weit entfernt, am so genannten Frachthafen. So wurde es ihm übersetzt. Sein Helm dirigierte ihn da hin. Der Frachthafen äußerte sich als Sammelplatz für bearbeitete Werkstücke, nicht bearbeitete Werkstücke und Werkzeuge. Dort wurden sie gesammelt und von da aus folgten weitere Produktionsabläufe.

Hier existierte frische Luft zum Atmen. Papillo konnte hunderte Meter weit gucken, in jede Richtung, dann erst setzte die Nebelwand ein und zog alles weg in ihrem Dunst. Hier ließ sich keine Lichtquelle ausmachen. Das Licht musste anscheinend aus der allgegenwärtigen Nebelwand kommen. Auch ließ sich kein genauer Schatten bestimmen, um dem Licht folgen zu können.

Der Anlegekai für die Frachter musste über einen Kilometer lang gewesen sein und dessen Breite schätzte Papillo auf über hundert Meter ein. Auf dem Kai herrschte reges Treiben und Gewusel. Tausende Packroboter übernahmen das Entladen und das gleichzeitige Beladen von Frachtern. Genauso beluden sie die Ladestraßen mit neuen Werkstücken und entluden sie von bearbeiteten Werkstücken. Um die Werkzeuge kümmerten sich spezielle We-wes. Diese sahen genau so aus, wie gewöhnliche We-wes, sie besaßen aber kein revoltierendes Werkzeugmagazin auf ihrem Rücken.

Die Packer sahen aus, wie sehr große Skorpione. Statt Stachel an ihrem langen Rückenschwanz hatten sie eine langgliedrige Hand zum Greifen von sehr schweren und klobigen Gegenständen. Das waren die größten Roboter, die Papillo hier sah.

Ein Packer hatte die dreifache Größe und Dicke von Papillo und bewegte sich auf sechs Füßen.

Papillo verstand sich auf Anhieb gut mit den Packern. Das mit seinen Witzen ließ er lieber gleich bleiben, denn er wollte keine Missverständnisse erzeugen zwischen ihnen. Ihm lag sehr daran, dass sie ein gutes Auskommen hatten miteinander.

Hier am Hafen beobachtete er eine seltsame Sache. Sein Helm konnte ihm dieses Erlebnis auch nicht erklären. Hinzu kam, dass sein Helm diesen genauen Verlauf nicht registrieren konnte, oder wollte. Papillo bekam im Nachhinein die Auffassung, dass sein Helm diese Sache ignorieren wollte.

Durch die Himmelsdecke, die undurchsichtig blieb bei diesem Szenario, stach eine scharfe schwarze Flosse. Der Nebel verfärbte sich schwarz dazu um die Flosse, wie ein Schatten. Das Gesamte hatte ein Ausmaß von drei großen Fußballstadien. Diese Flosse berührte fast den Boden des Kais. Das, was Papillo sah an Flosse, musste die Größe von einem Fußballfeld gehabt haben. Aber dann zuckte sie zurück und verschwand wieder so, wie sie gekommen war. Sie verschwand nach oben in den Nebel. Auch der dunkle Riesenschatten über Papillo bewegte sich lautlos von ihm weg.

Papillo schnitt mit einem Schneidbrenner ein Durchgangsloch in den Reserveöltank seiner Lieblingsmaschine. Mit dem ausgeschnittenen Blech baute er sich dazu eine Eingangstür und befestigte diese an seinem neuen Zuhause. Auf die Tür schrieb er seine Adresse: *Human 4001*.

Ihm wurde besser zu Mute mit dem Wissen, eine feste Bleibe zu haben. Dieses subtile Gefühl zeichnete ihn, unter anderen Gefühlen, aus als Mensch.

In seine Wohnstätte wurden allerlei Sachen eingeräumt. Sein Helm bestellte diese Dinge und We-wes brachten den Kram vorbei. Dort, in dem Tank, richtete er es sich gemütlich ein und er wollte auch auf nichts Wohnliches verzichten. Des Weiteren erlaubte ihm seine Lieblingsmaschine, dass er an ihrem Strom partizipieren durfte, und so konnte er sich eine Lichtquelle anschließen.

Weiter legte Papillo sich einen Rhythmus an. Dieser Rhythmus bestimmte von nun an, wann er arbeitete und wann er ruhte. Nach seinen Ruhephasen beschäftigte er sich immer zuerst mit seiner Lieblingsmaschine. Sie wurde von ihm untersucht und durchgeprüft und dann kamen die anderen werktätigen Elemente ran.

Während Papillo sie untersuchte und während sie dabei arbeitete, unterhielten sich beide über ihre jeweiligen

Existenzen und Wahrnehmungen und ihre jeweiligen Lebensräume. Danach machte er sich auf und ging zu den anderen Hilfe suchenden Elementen.

Papillo ließ neben seiner Behausung eine Dusche und Toilette aufstellen und schloss diese Einrichtungen selber an. Ihm wurden auch neue Anziehsachen geliefert. Genauso stellte man ihm einen Essensautomaten hin.

Unter den werktätigen Elementen sprach es sich herum, dass Papillo ein weiser Medizinmann war, und eine Menge wusste über die Dinge und andere Welten. Im Gegenzug wurde er überrascht von der Tatsache, dass die arbeitenden Elemente ein Bewusstsein besaßen und denken konnten.

Die arbeitenden Elemente brauchten nicht nur Wartung und Reparatur, auch brauchten sie, dass ihnen zugesprochen wurde, und sie brauchten etwas, woran sie sich halten konnten neben ihrer Arbeit.

Die arbeitenden Elemente hatten mit der Zeit herausgefunden, was Papillo am liebsten aß, und fingen damit an, ihn mit seinem Essen zu beliefern. Sein Essensautomat wurde nur noch von ihm aufgesucht, um sich mit ihm zu unterhalten, oder wenn dieser gewartet werden musste.

Er lehrte ihnen, unter anderem, dass Kommunikation Leben bedeutete und umgekehrt. Leben bedeutete Kommunikation. Auch bekam er ihren Wissensdurst mit und Papillo gab ihnen das Wissen, welches ihm in seiner Schulzeit vermittelt worden war.

Alle zusammen erarbeiteten sich die Erkenntnis, neben der Arbeit, dass das Bewusstsein entscheidend war und nicht die Herkunft, oder woraus man bestanden hatte, um zu existieren.

Seine Augen öffneten sich. Er brauchte ein Weilchen, um sich zu orientieren, wohin es ihn verschlagen hatte.

Sein Meister saß an seinem Bettrand. Vieles fiel ihm nun wieder ein. *Das war nicht sein Bett, sondern das Transportmittel, in das er eingestiegen war.*

»Komm, lass uns losziehen und was essen, dann können wir über alles reden.«

Dieses Mal saßen sie alleine in einer Kantine an einem Tisch zusammen und ihnen wurde reichlich Essen aufgefahren.

Papillo: »Wo bin ich?«

Meister: »Lang zu Junge. Du musst erst mal was auf die Röhren bekommen.«

Papillo: »Wo bin ich?«

Meister: »Wir hatten uns gestern hier getroffen, weißt du noch? Anschließend warst du ein halbes Jahr weg, auf Montage. Komm, du musst was essen.«

Papillo machte sich über das Essen her und trank reichlich Saft dazu. Sein Appetit war außergewöhnlich, auch hatte er großen Durst. Dennoch traute Papillo sich nicht nachzudenken. Das bereitete ihm Kopfschmerzen.

Papillo: »Die habe ich alle in mein Herz geschlossen. Und die mich. Was mache ich jetzt? Ich glaube, ich muss für immer dort sein.«

Meister: »Vielleicht ist es dir nicht aufgefallen. Aber die besitzen kein Herz. Das sind herzlose Maschinen. Mach dir keine Gedanken über sie. Die kommen schon darüber hinweg. Bei meinem ersten Mal habe ich auch so empfunden. Das verliert sich mit der Zeit.«

Papillo: »Bindungen. Macht *uns* das nichts aus?«

Meister: »Ich höre den Medizinmann sprechen.«

Papillo: »Könnte ich den Helm haben? Den, der mich gut geheilt hatte.«

Sein Meister gab ihm den Helm und Papillo setzte ihn sich auf.

Papillo: »Was ist mit den Maschinen los?«

Meister: »Das Ganze unterliegt einem dynamischen Prozess. Sie fingen an, eigene Bewusstseinsstadien zu bilden. Sie wurden immer intelligenter. Das ist der Preis für immer leistungsstärkere Maschinen … Sie begannen zu denken. Das hatte die Konsequenz, dass sie sich Sinnfragen stellten. *Was mache ich hier? Wer bin ich? Warum?* Du weißt, wovon ich rede. All das hatte zur Folge, dass wir sie zum Arbeiten animieren müssen. Und nun kamst du ins Spiel, du Guru … Oder besser, du Animateur.«

Papillo: »Hm. Ich weiß nicht, was ich davon halten soll. Hm.«

Meister: »Siehe deinen Fall. Bevor du dort ankamst, lief die Produktion schleppend. Dann kamst du und die Dinge gewannen an Fahrt. Und zum Schluss war richtig Dampf in der Sache. So was brauchen wir. Dich Animateur … Ha, ha, ha, ha!… Die Leitung ist sehr zufrieden mit dir.«

Papillo – Fragment 3

Papillo: »War was geplant, für danach? ... Wollte sie wieder kommen? Ich meine, vielleicht ist sie einfach nur ausgestiegen und hat sich abgesetzt.«

Suiluj: »Sehr gute Überlegung. Auch das haben wir zu klären.«

Lux: »Sie wollte sich danach wieder normal in die Geschäftsdinge einbinden. Sie hatte bis da hin keinen Ausstieg geplant. Das wissen wir zuverlässig.«

Femina 19: »Wir haben unser Umfeld zu beobachten in der kommenden Zeit. Könnten wir ersehen, ich meine, könnten wir vielleicht sehen, wer daraus einen Vorteil zieht?«

Lux: »Ja. Das werden wir sehen, auch wenn es uns nicht gefallen wird.«

PRthnmo: »Hm... bis jetzt liegt keine eindeutige Motivlage für uns vor um, das Verschwinden von ihr rechtfertigen zu können... Das bedeutet, dass wir es mit einem aufgetauchten Phänomen zu schaffen haben.«

Suiluj: »Sehr gut.«

PRthnmo: »Hm ... wie immer in so einer Ausgangslage ... wir finden jetzt erst mal die Lösung zwischen allen möglichen Varianten unserer Vorstellungskraft ... und das bedeutet, dass wir jetzt zum Anfang eine Menge vor uns haben... Puh.«

Lux: »Und nicht nur das ... wir wissen, dass wir Gegner haben und wir wissen, dass darauf nur gewartet wird, wann wir Schwächen zeigen. Wir müssen damit rechnen, dass man uns daran bloßstellen möchte. Daher schwebt uns im Augenblick eine punktuelle Suche vor, die ohne Aufsehen durchgeführt werden kann.«

Femina 19: »Gut. Ziehe ich meine Kampfstiefel eben wieder an.«

Papillo: »Oh, Schatz.«

PRthnmo: »Aller Anfang ist leicht ... Ich und meine Leute, wir gucken uns auf den illegalen Warenmärkten für Technik um.«

Suiluj: »Ich werde mit dem Knüpfen eines großen Wandteppichs beginnen.«

Lux: »Sehr gut ... und ich sammele eure Informationen.«

In einem Bibliotheksraum von dem Studentenwohnheim von Sternentau.

Femina 19: »Ach... schön hast du das hier gemacht.«

Die Familie hatte sich am Abend zusammen gefunden. Sie saßen um einen großen Tisch herum und genossen sich. Auf dem Tisch brannten Kunstkerzen und in mehreren Schalen lagen Kekse mit verschiedenen Sorten Früchten aus. Zuvor hatte sich Sternentau hier ins Zeug gelegt und zwischen vollen Bücherregalen Tische zusammen geschoben und Stühle dran gestellt. Sie liebte ihre Familie und sie liebte ihren Familiensinn.

Papillo: »Liebe Kinder, ... eure Mama und ich, wir sind sehr glücklich.«

Femina 19: »Geliebte Schätze, ... wir müssen wieder los... unser Job ruft.«

Kinder: »Ach.«

Artis: »Ich will aber, dass ihr für immer bei uns bleibt.«

Alle anderen Kinder: »Ja.«

Papillo: »So ist das bei uns.«

Femina 19: »Wir kommen bald wieder und dann machen wir eine große Feier. Die wird schön.«

Sonnenaufgang: »Was ist das für ein Job?«

Papillo: »Wir haben Bleistiftminen aufzusammeln, ... mehr nicht.«

Kinder: »Johl!«

Femina 19: »Ach, ... euer Papa.«

Lacerti: »Wo?«

Papillo: »Irgendwo, im Universum.«

Kinder: »Johl!«

Femina 19: »Aber das ist streng geheim ... Geliebte!... Behaltet das für euch... die Konkurrenz schläft nicht.«

Artis: »Seid ihr Geheimagenten?«

Alle anderen Kinder: »Johl!«

Papillo: »Wir sind Handelsreisende... Aber pssst.«

Kinder: »Johl!«

Sonnenaufgang: »?«

Femina 19: »Für Bleistiftminen.«

Papillo: »Ja, ... und jetzt erzählt uns, von euch.«

Stürmisch erzählten ihre Kinder von ihren Erlebnissen als Studenten.

Die Ex-ex

Roland und Kuno saßen wieder in ihrer Stampe, und genehmigten sich außerordentliche Drinks. Nach einem Weilchen fing Roland an, über seinen Lieblingsdrink zu philosophieren.

Roland: »Jaja, ... das darfst du nicht unterbewerten. Ich sage dir, meine Ex-ex kommt aus der Gegend und die weiß, wovon sie spricht.«

Kuno: »Ha, ha, ha, ho, ho, ho, hi, hi, hi!«

Roland: »Ich sage dir, unterbewerte das nicht. So was darfst du nicht auf die leichte Schulter nehmen, ... eine unbedachte Handlung und du stehst im Wald. Und glaube mir, das sind die dunkelsten und dicksten Wälder, auf der ganzen Erde.«

Kuno: »Ho, ho, ho, ha, ha, ha, ha!«

Roland: »Ich sage dir, diese Region befindet sich weit hinterm Ural ... Ach. Weit hinterm Zslowokov. Da, wo Fuchs und Hase sich gute Nacht sagen würden, gäbe es dort Fuchs und Hase. So weit, tief drin. Ich sage dir, ... aber das weißt du ja sicher besser, du alter Kosake. Mit wem rede ich eigentlich? ... Kuno, ... Jetzt höre mir zu ... Also, *Burbun* ist da das Nationalgetränk, weil *Burbun* die bösen Geister vertreibt.«

Kuno: »Ha, ha, ha, ha, ha, ha, ha!«

Roland: Ja! Ein Ungläubiger. Du alter Nihilist, du. Mach eine Visite da und du wirst garantiert kreidebleich wieder hierher kommen. Garantiert! ... Sage ich dir. Wenn du überhaupt wieder kommen wirst ... Also, ich war da gewesen und ich weiß, wovon ich rede. Am Schluss hatte ich nur noch Burbun getrunken und ein Stoßgebet nach dem anderen gesprochen ... Die hatten mich da alle komisch angesehen, sage ich dir. Und meine Ex-ex war die Einzige gewesen, die lieb zu mir gestanden hatte und meine Hand gehalten hatte. Das ist eine Gegend ... hm ... Na ja, ich bin heilfroh, da wieder raus gekommen zu sein, sage ich dir.

Kuno: »Du alter Schwätzer! Ha, ha, ha, ha, ha, ha, ha, ha!«

Roland: »Nein! ... Wenn ich es dir sage? ... Diese Gegend grenzt an eine alte Grafschaft ... Ich kann den Dialekt nicht, aber ich sage dir. Das ganze Ding, also die Grafschaft an dem Landstrich, wo meine Ex-ex ihre Heimat hat. ... Wo bin ich? ... Nennt sich, in etwa, Drakulawska ... so in etwa ... Also, ich kann das nicht gut aussprechen. Die Eingeborenen können das natürlich besser. Also die, von diesem angrenzenden Land, wo *Burbun* getrunken wird ... Und glaube mir, die wissen schon warum.«

Kuno: »Ha, ha, ha, ha, ha, ha, ha, ha, ha, ha!«

Roland: »Meine Ex-ex und ich, wir hatten uns einmal im Wald da verirrt. Und am Anfang war es lustig gewesen. Da gab es niemanden, in der Gegend da ... Wie zwei Verliebte sich nun gebärden. Wir konnten da machen, was wir wollten. Na ja, als es dunkel wurde, war es nicht mehr so lustig ... Wir irrten durch die Gegend und drangen immer tiefer ein, in den düsteren Wald, ... da, wo nichts los ist. Ich sage dir, ... jedenfalls sah es so aus, als wenn wir da nicht mehr rauskommen würden.

Na ja, du kennst mich, ich bin absolut nicht abergläubisch, aber es war so dunkel, so was hatte ich noch nie gesehen. Du konntest deine Finger vor Augen nicht mehr sehen, ... ein Glück, dass meine Ex-ex eine ganze Flasche selbst gebrannten *Burbun* mit dabei hatte. Ich sage dir. Das war eine Sache, ... wir waren so dermaßen zugenebelt gewesen, von dem Zeug. Da ging nichts mehr, ... absolut. Ich sage dir ... Und plötzlich ging das Licht an, ... einfach so. Wir standen im Licht ... Ein rosa Schmetterling. Er flatterte uns den Weg nach Hause. Er flatterte die ganze Zeit vor uns her. Meine Ex-ex und ich, wir gingen andächtig ihm hinterher. Und dann waren wir da ... Wieder zu Hause! Eine komische Gegend ist das da ... Vielleicht solltest du da doch nicht hingehen.«

Kuno: »Schluck! He, Helmut! Gib mal 'ne Runde *Burbun* für uns!«